Pearl Harbor

Ein Roman aus dem Zweiten Weltkrieg

RICHARD G. HOLE

Pearl Harbor
Ein Roman aus dem Zweiten Weltkrieg

Richard G. Hole

Zweiter Weltkrieg

ZUSAMMENFASSUNG

Am 8. Dezember 1941 um 6:16 Uhr heulten Sirenen auf der Basis von Pearl Harbor.

Aber sein Heulen war mit den Explosionen vermischt.

Die Basis war zur Hölle geworden.

Die japanischen Flugzeuge, die bis dahin in einer Höhe von 10.000 Metern geflogen waren, stürzten in die Bucht und tauchten in wenigen Sekunden wie eine Lawine auf den Radarschirmen auf, während sie gleichzeitig begannen, ihre Eingeweide aus Blei und Sprengstoff zu entladen.

Pearl Harbor ist eine Geschichte aus der Sammlung des Zweiten Weltkriegs, einer Reihe von Kriegsromanen, die im Zweiten Weltkrieg entwickelt wurden

PEARL HARBOR

KAPITEL I

Ein beeindruckender, anhaltender Schrei entkam aus allen Kehlen. Die Fäuste derer, die ihm am nächsten standen, schlugen von Hass auf diesen winzigen Mann mit brauner, gelblicher Haut, der mit vor dem Gesicht verschränkten Armen versuchte, sich zu verteidigen.

Die Fäuste tanzten einen makabren Tanz in der Luft. Diejenigen, die weiter weg waren, brüllten und drängten, wollten näher kommen und schnallten den menschlichen Gürtel um die Japaner fest.

Niemand wusste, woher es gekommen war.

Er war fast plötzlich aus der Menge aufgetaucht und es war, als hätte er sein Todesurteil unterschrieben.

„Assassinen!! Eine Stimme schrie.

"Dort!!

Zuerst klebte der Japaner, ein älterer Mann mit kurzsichtiger Brille, an der Wand, auf der Suche nach nutzlosem Schutz. Er versuchte, ein paar Verteidigungsworte zu formulieren, aber es gelang ihm nicht.

Beim ersten Schlag flog seine Brille zersplittert durch die Luft. Dann war es wie ein kollektiver Wahnsinn, als ob diese Menge nach Blut und Rache hungerte.

Die Polizei konnte nicht eingreifen. Und wenn er dazu in der Lage gewesen wäre, hätte er sicherlich die Arme verschränkt.

Der Japaner wurde aus der Wand gerissen. Die Tritte und Fäuste fielen wie ein noch heftigerer Regen auf ihn und die Schläge wurden intensiver.

Ein "Uper-Cut" ließ ihn sein Gesicht heben. Er war blutüberströmt, kaum als menschliche Gestalt zu erkennen.

Ein weiterer Schlag fiel auf dieses Gesicht. Eines der Augen verwandelte sich in eine graue Eitermasse. Für eine Sekunde umfasste diese schreckliche Vision diejenigen, die am nächsten waren, aber nicht diejenigen, die weiter drängten und schrien mit dem Wunsch, näher an den Japaner heranzukommen und ihm einen Schlag zu versetzen, der ihn endgültig untergehen würde.

Der Japaner zuckte erneut die Achseln. Der Stoß ließ ihn auf dem Boden rollen.

Das war sein Tod.

Sie zertrampelten ihn zu einer formlosen Masse. Die Kleider waren weg und nur ein Haufen Fleisch, gebrochene Knochen und Blut blieben zurück.

Aber das schien die Menge nicht zufrieden zu stellen.

Zwei Männer fesselten den Körper der Japaner mit ihren Gürteln, einen für jeden Fuß, und zogen den leblosen Körper durch die Stadt, bis sie das Tor des Weißen Hauses erreichten. Dort hängten sie die Leiche auf, und die Menge schwieg für einige Sekunden und wartete darauf, dass der Präsident der Nation, Roosevelt, durch eines dieser Fenster erschien.

Dann begannen sie mit einem anhaltenden, düsteren Schrei.

"Rache" Rache ... Rache ... Rache ... !!

Es war die Stimme eines Volkes, das nach seinen Kindern rief, die bei einem verräterischen Angriff getötet wurden.

Die ganze Nation wünschte Rache. Und die Wut war in allen Herzen. Als Beweis dafür wurde die Leiche des Japaners an den Zaun gehängt, der das Haus des Mannes umgab, der die Nation führte.

Charles Pencer hat drei weitere Fotos geschossen. Durch einen seltenen Zufall war er vom ersten Moment an gut aufgestellt und hatte nicht gezögert, einen ganzen Film damit zu verbringen, die Lynchjustiz an den Japanern zu fotografieren.

Als er fertig war, erwartete er nichts mehr;

Er ging zu den "Tribune News", einer Zeitung, für die er Werbefotos machte.

„Bist du Clever?" fragte er bei der Ankunft.

„Ja, im Maschinenraum.

"Teufel...! So bald?

„Heute machen wir fünf außergewöhnliche Editionen.

„Am besten. So komme ich pünktlich zu den letzten vier.

Pencer ging hinunter in die Keller, wo der monströse Drehkolben aufgestellt war. In einem der angrenzenden Büros fand er Clever, der an seinem Schreibtisch saß und die Beweise las. Neben ihm war ein Korrektor.

„Wir werden diese erste Ausgabe um zwölf Uhr starten. Der zweite fährt um zwei Uhr morgens ab und fährt direkt zum Hauptbahnhof, um mit dem Westexpress abzufahren. Um vier Uhr starten wir die dritte, im Süden. Und um sechs Uhr die vierte, die in der Stadt bleibt und eine Stunde später die morgens. Um sieben möchte ich, dass die Stadt voller "Tribüne" ist, verstanden?

Der Korrektor nickte.

„Vermisst du nicht etwas Interessantes?", fragte Pencer und mischte sich ein.

Clever hatte die Anwesenheit des Werbefotografen noch nicht bemerkt. Als sie ihn sprechen hörte, nahm sie ihre Brille ab und sah ihn an.

„Ah! Ich habe dich nicht gesehen. Was meinst du?

„Nichts. Ich habe dich nur gefragt, ob du etwas Interessantes brauchst, ausschließlich.

„Ja, richtig. Zum Beispiel Fotos vom Untergang der „Lengley".

„Im Moment unmöglich. Interessiert dich etwas nicht, was näher passiert ist?

"Beispielsweise?

Die beiden Männer sahen sich an. Clever war ein alter Hase im Geschäft, und er wusste, wenn ein Fotograf so sprach, bedeutete das, dass er etwas Interessantes an der Maschine hatte.

„Zum Beispiel das Foto eines Mannes, der heute Nachmittag in der Stadt gelyncht wurde.

"Bufff...! Was willst du? Was können wir dir kaufen für Gold die anschauliche Geschichte eines gewaltsamen Todes? Heute wollen die Leute ein anderes Thema: Krieg. Wir sind im Krieg.

„Ich biete ein Foto an, das ein Symbol ist: ein Japaner, der gelyncht und an den Gittern des Weißen Hauses aufgehängt wurde.

„Was? Wiederholen Sie es ruhig.

Clever ging zum Fenster des kleinen Büros. Von dort aus konnte er den Betrieb der gesamten Werkstatt perfekt überblicken.

Charles Pencer erkannte, dass das Angebot interessant war. Mit wenigen Worten erklärte er, was er gesehen hatte und welche Fotos er in der Maschine hatte, die gerade entwickelt wurde.

„Wie lange werden Sie brauchen, um mir die Negative zu liefern?

"Weniger als eine Stunde.

„Sehr gut. Worauf wartest du, um mit der Arbeit zu beginnen?

"Nichts.

Pencer rannte aus dem Büro und ging zum Fotolabor der Zeitung. Als er durch den Maschinenraum ging, hörte er Clevers Stimme das Geräusch übertrumpfen:

"Das ist genug !! Die Erstausgabe muss beendet werden...! Wir haben eine halbe Stunde Ruhe.

Die Presse hörte auf zu rollen. Die letzten Kopien wurden entfernt und alles war still. warten auf die Ankunft der Photogravüren.

Eine halbe Stunde später ging alles wieder an. Doch nun erschienen die "Tribune News" mit einer erschreckenden Titelseite, die deutlich den verdrehten Körper des Japaners zeigte, der mit seinem Leben für den Zorn der aufgebrachten Menge bezahlt hatte.

***

Um ein Uhr morgens verließ er die »Tribüne«.

In seiner Jackentasche trug er eine der Kopien frisch von den Automaten. Es roch immer noch nach frischer, frischer Tinte.

Charles Pencer ging durch mehrere Straßen.

Alles wirkte verlassen. Die Innenstadt war leer. Einige Kinematographen wurden geschlossen und viele Theater präsentierten ihre hellen, gedimmten Lichter.

Ein weicher Nebel bedeckte Washington. Die Lichter der Ampel waren verschwommen und die Leuchtreklamen der großen Tabakmarken oder beliebten Getränke erschienen als Lichtflecken, die von den Dächern der Gebäude hingen.

Manchmal durchbrach das Licht einer Bar die Monotonie der Straßen. Im Vorbeigehen warf Pencer einen Blick hinein. Er sah immer die gleiche Show: Ein Kellner lehnte an der Theke und unterhielt sich mit drei oder vier Männern. Und auf allen Gesichtern die Sorge um den Krieg.

Er erkannte, dass trotz allem, was passiert war, es seit Monaten erwartet wurde, die Nachricht die ganze Nation beeinflusst hatte.

Es stellte dar, dass viele tausend junge Männer auf fremde Kontinente, in unbekannte Länder geworfen würden, bereit, die anvertraute Mission zu erfüllen und ihr Leben teuer zu verkaufen.

Er selbst, dachte er, würde berufen werden, den Platz einzunehmen, den der Krieg für ihn reserviert hatte.

Doch für ihn hatte der Krieg mit einem guten Auftritt begonnen: zwei sensationelle Fotos auf der Titelseite der "Tribune News" und ein Bericht über den Lynchmord, den er an diesem Nachmittag miterlebt hatte.

Clever hatte ihm überschwänglich gratuliert.

„Ich wusste nicht, dass Sie so schreiben. Ist Ihnen schon einmal der Gedanke gekommen, dass Sie Ihren Lebensunterhalt mit dem Schreiben verdienen können? „Ich hatte ihn gefragt, nachdem ich gelesen hatte, was er auf dem Papier geschrieben hatte.

"Nein niemals.

„Nun, ich sage es Ihnen. Wenn ich an etwas glauben kann, dann an die Qualifikation, ob ein Mann den Geist eines Journalisten hat oder nicht. der sechste Sinn, der notwendig ist, um die Nachrichten dort zu bekommen, wo sie existieren.

Diese lobenden Worte klangen in Pencers Ohren.

Er dachte, das Erste, was er tun würde, bevor er zu Bett ging, wäre, in Lizzies Arbeitszimmer zu gehen und es ihr zu sagen. Außerdem würde er es Philiphe und Gerard erzählen. Er war sich sicher, dass er sie dort streiten würde.

Die vier wohnten im selben Gebäude, einem alten, klapprigen fünfstöckigen Haus, das im Slow Martons, Washingtons Künstlerviertel, stand.

Schriftsteller, Maler und Fotografen vermischten sich in diesem Viertel, wo sie ein unabhängiges Leben führten, das sich von dem für die Hauptstadt einer Nation typischen methodischen und bürokratischen Leben der Stadt völlig unterschied.

Die Slow Martons lebten anders. Sie erinnerten sich an Paris, sie versuchten, das künstlerische Leben des französischen Montmartre nachzuahmen, und sie arbeiteten hart. Dies war vielleicht der bemerkenswerteste Unterschied.

Lizzie, Philiphe und Gerard waren alle drei Maler. Und die drei kämpften in gegensätzlichen Tendenzen, die sie, anstatt sie zu trennen, zu einem ständigen Streit und Kampf vereinten.

Lizzie hatte die ganze Welt gekannt. Schon in jungen Jahren hatte er sich auf Abenteuer und die Freude am Reisen eingelassen und seine Notizbücher zeigten den Weg, dem er in seinem Leben folgte.

Lizzie war die internationalste der drei. Afrikanische Länder hatten keine Geheimnisse für sie. Nicht die italienischen Slums, nicht die Ufer der Themse, nicht das mexikanische Hochland. Sie war unruhig und intelligent. Sein Tempo war schnell und seine Aufenthalte an einem Ort waren kurz. Ein Monat Dauer an einem bestimmten Punkt genügte ihm, um seine Umgebung gut zu kennen.

Er hatte überall Erinnerungen gepflückt. Und von ihrem Aufenthalt in Paris hatte sie die besten Erinnerungen mitgenommen:

Philiphe Orpen, ein junger Architekt, der seine Karriere für Pinsel aufgelegt hatte.

Sie haben sich in Paris kennengelernt, in einem Studentenrestaurant, und sie haben sich nicht mehr getrennt.

Lizzie verspürte kurze Zeit später das Bedürfnis, in diese Stadt zurückzukehren, was alle zwei oder drei Jahre geschah, und beschloss, Philiphe davon zu überzeugen, dass es bequem war, in die Heimat zurückzukehren.

Philiphe, der Paris schon satt hatte, ließ sich leicht beirren und trafen bald darauf in Washington ein.

Als sie im September 1939 die Nachricht erreichten, dass Deutschland in Polen einmarschiert war, begriffen sie, dass eine Rückkehr ins alte Europa vorerst unmöglich war und blieben in den Vereinigten Staaten.

Zu diesem Zeitpunkt fand Philiphe Orpen Pencer. Die beiden hatten zusammen an der Universität von Leylan studiert und eine starke Freundschaft hatte sie verbunden, eine Freundschaft, die Reisen und Entfernungen nicht verringert hatten.

Philiphe erklärte, dass er keinen festen Wohnsitz habe und nach zwei Studien suche. Pencer, die gerade in ein altes Haus im Slow gezogen war, mit geräumigen Zimmern und Glaswaren, die Licht hereinlassen, schlug ihr vor, in das alte Herrenhaus umzuziehen.

Am selben Nachmittag kamen Lizzie und Philiphe zusammen und beschlossen, die beiden Studios im obersten Stockwerk zu besetzen.

Tage später kam ein neuer Mieter: Gerard Oaking, schottischer Abstammung und informeller Maler. Ein breiter Bart bedeckte sein Gesicht, und durch das wirre Haar funkelten seine Augen klein und kalt wie Stahl. Er war groß und stark und es wurde vermutet, dass er bereit für körperliche Bewegung war.

Die meiste Zeit trug er lange, schmale schwarze Cordhosen, die mit breiten Fransen über den Knöcheln gefaltet waren, und einen übergroßen Pullover, dunkelgrün, schmutzig und mit Löchern darin.

Wenn er den Pullover nicht trug, ersetzte er ihn durch ein kurzrockiges Hemd, das immer um ihn herum schwebte.

Eine seiner typischen Gesten, die schon eine Manie war, bestand darin, sich mit den Fingern in den Bart zu graben und sich an den Wangen zu kratzen.

Charles Pencer war über diesen Neuankömmling nicht sehr erfreut, aber er akzeptierte ihn, weil er sich immer in Lizzies Arbeitszimmer befand, das als Hauptquartier diente. Außerdem ärgerte ihn die selbstgefällige Luft, die der Schotte immer gehabt hatte.

Als er das alte Haus erreichte, war er nicht überrascht, die Tür zur Straße offen vorzufinden. Er kletterte die Leiter hoch, ging an ihrer Wohnung vorbei und ging weiter in das Zimmer, in dem Lizzies Arbeitszimmer lag.

Als er am dritten vorbeikam, klopfte er. Es war das Atelier von Gerard Oaking. Niemand antwortete. Pencer vermutete, dass der Schotte oben war und mit den anderen beiden stritt. Die Neuigkeit des Tages bedeutete diesen rastlosen Geistern zu viel, um sie nicht ausführlich zu kommentieren.

Er ging noch eine Etage höher und als er die Klingel drücken wollte, merkte er, dass die Tür offen stand.

Er drückte sanft. Drinnen war kein Licht.

"Lizzie...! Philiphe...!

Niemand beantwortete seine Anrufe. Er öffnete die Tür und ging hinein. Mit der Hand tastete er die Wand nach rechts ab, bis er den Lichtschalter fand.

Als alles erleuchtet war, sah er einen Stuhl auf dem Boden liegen. Der Anblick ließ ihn schwer schlucken. Er fühlte ein seltsames Gefühl in sich. Es war sein sechster Sinn, wie Clever ihm gesagt hatte, der ihn vor etwas warnte. Etwas Unangenehmes und das wollte er nicht wissen.

Er durchquerte den Raum und betrat das Arbeitszimmer. Und als er eintrat, spürte er, wie seine Füße mit etwas kollidierten.

Er warf die Tür auf und hörte ein Klicken. In einer mechanischen Geste griff seine Hand nach dem Schalter.

Als er sie drückte und das Licht den Raum erhellte, konnte er einen Schreckensschrei nicht unterdrücken.

Am Boden lag Philiphe Orpen, den Kopf von einem Schlag zerschmettert. Blut floss von seiner Stirn und rann ihm über die Wangen.

Charles Pencer kniete nieder und legte Philiphe die Hand auf die Seite. Er hörte den Herzschlag nicht, aber er spürte immer noch die Hitze in diesem Körper.

Seine Füße standen, ohne es zu merken, in der Mitte der Blutlache, die um seinen Freund herum geboren wurde.

Er stand auf und trat weg. Plötzlich ging ihm eine Idee durch den Kopf.

„Liz...! Liz!!" schreien.

Niemand antwortete. Eine schreckliche Vorstellung ließ ihm kalter Schweiß auf die Stirn steigen. Er sprang durch das Arbeitszimmer und warf einen Bildschirm um, der eine Ecke des Zimmers trennte.

Lizzie hatte dort ihr Bett. Und darauf war die Leiche des Mädchens.

Pencer spürte, wie sich ein Kloß in seiner Kehle bildete. Ein paar Sekunden lang war er vor Schreck wie gelähmt. Und schließlich, unfähig, sich zurückzuhalten, fiel er neben dem leblosen Körper auf die Knie.

„Liz... Liebling...", murmelte er.

Seine Hände streichelten noch einmal dieses Gesicht mit seinen fast perfekten Zügen. Dann entfernte er vorsichtig das Handtuch, das um den Hals des Mädchens gewickelt war. Das war die Ursache seines Todes gewesen: Strangulation.

„Liz... wer... war es...? Sag mir ... ich werde ihn töten ...

Er weinte wie ein Kind und umarmte den Körper dieses Mädchens, das in letzter Zeit sein Traum von Liebe gewesen war. Vom ersten

Moment an, als Philiphe sie vorstellte, fühlte sie etwas in ihr aufsteigen, etwas ganz anderes als das, was sie für die anderen Frauen, die sie kannte, empfunden hatte.

Er bedeckte die Leiche mit einem Laken. Und als er die Arme verschränkte, um die Hände vor der Brust zu verschränken, bemerkte er, dass Lizzies Finger immer noch vor Wut geballt waren. In dieser Geste vermutete er Hass.

Er nahm diese Hände vorsichtig, als hätte er Angst, dem Mädchen weh zu tun, und öffnete sie.

Sie hatten ihre Rache: ein paar Haare, kurz, dick und dunkel. Rötliche Haare, Bart.

„Gerard! brüllte Pencer, als er diese Haare erkannte.

Dann, als ihm eine schnelle Abfolge von Bildern durch den Kopf ging, was passiert war: Gerard hatte versucht, das Mädchen zu missbrauchen, und als er von Philiphe überrascht wurde, hatten sich die beiden gestritten. Er hatte die Freundin mit einem Schlag getötet und dann, um Lizzie zum Schweigen zu bringen, nicht gezögert, sie zu ertränken.

„Verdammt...! Verdammt noch mal tausendmal, du Hurensohn, Bastard...", murmelte Pencer leise, als er die verräterischen Strähnen betrachtete.

„Ich schwöre dir, Lizzie, ich werde dich rächen. Wo immer er ist, wo immer er ist, ich werde ihn töten, wenn er meinen Weg kreuzt ...

Langsam näherte er sich einer Ecke des Arbeitszimmers und nahm den Telefonhörer ab. Er wählte eine Nummer und wartete ein paar Sekunden.

Dann begann er mit rauer Stimme zu erklären.

"Polizist...? Bei den Slow Martons ist gerade ein Mord begangen worden. Lizzie Gerson und Philiphe Orpen wurden von Gerard Oaking ermordet... Ja, ja, er muss es gewesen sein... Ich warte auf dich... Im Slow Martons, Calvent Street 17 ... Ich warte auf dich.

Er legte auf und sah auf seine Uhr.

Er durchquerte das Arbeitszimmer und verließ den Boden. Er rannte die Treppe hinunter und klopfte an Gerard Oakings Arbeitszimmertür.

Niemand antwortete auf seinen Anruf. Das machte ihn empört. Er trat ein paar Schritte von der Tür weg und warf sich wie ein Wahnsinniger mit aller Kraft dagegen. Beim dritten Klopfen gab die Tür nach und er rollte sich auf den Boden.

Er machte das Licht an und sah sich um. Seine Fäuste waren geballt und seine Lippen waren angespannt, bereit für alles.

Es war jedoch niemand da. Er betrat die drei Räume des Arbeitszimmers und fand keine Spur.

Ein Fenster war geöffnet und ein leichter Wind wehte in dieser Nacht des 8. Dezember 1941.

Er kam wieder heraus.

Minuten später, als Polizeisirenen durch die Luft rasten, kniete er neben Lizzies Leiche.

Als die Polizei eintrat, befand er sich noch immer in derselben Position.

Bald, nachdem die notwendigen Fotos gemacht worden waren, wurden die beiden Leichen entfernt.

Als der Krankenwagen abfuhr, blieb der rötliche Fleck von Philiphe Orpens Blut auf dem Holzboden zurück.

Ein Fleck, der unauslöschlich auf Charles Pencers Kopf eingraviert war.

Dieser Fleck war wie das Symbol seiner Rache. Eine Rache, die unbedingt rot sein musste wie dieses Blut, denn Rache enthielt den Tod selbst.

KAPITEL II

Angefangen hat alles am 7.12.1941.

Admiral HE Kimmel, Chef der amerikanischen Luftwaffenflotte im Pazifik, drückte eine Zigarette im Aschenbecher aus.

Er steckte die Hände in die Taschen und ging zu einem der großen Fenster, die auf die Bucht blickten, die von den umliegenden Klippen und Bergen umschlossen war. Im Wasser blieben immer noch die großen Schiffe der amerikanischen Flotte.

Es gab zwei Flugzeugträger, die "Lexington" und die "Lengely", Zwillinge, von 32.000 Tonnen; und drei große Schlachtschiffe: "Arizona", "West Virginia" und "Oklahoma". Und dann eine Vielzahl kleiner Landdienstschiffe: Mutterschiffe, Zerstörer, Torpedoboote ... Fast die gesamte US-Flotte lag im Pazifik.

ER Kimmel sah sich alles langsam an.

Die amerikanische Regierung wusste, dass früher oder später der Putsch kommen würde, der den Eintritt in den Krieg bedeuten würde. Woher der Schlag kommen würde, war unbekannt.

An diesem 7. Dezember 1941 war der Putsch noch nicht gekommen. Zumindest theoretisch könnten die Vereinigten Staaten ruhig schlafen.

In diesem Moment ging die Tür auf.

„Sir...", murmelte eine Stimme.

Komm rein, Field ... Irgendwelche Neuigkeiten?

„Keine. Ich bin gekommen, um dir die Rolle zu geben.

„Ist nicht einmal ein feindliches Flugzeug entdeckt worden? "Ich frage.

„Seit Tagen wurde nichts beobachtet.

„Das gefällt mir nicht so gut ... Sie können sich zurückziehen.

„Zu Ihren Diensten Mr.

Kimmel war wieder allein. Er war nervös, aufgeregt. Sein sechster Sinn warnte ihn, dass etwas passieren würde, dass der Tod über seine Basis rollte. Aber er konnte nichts tun. Warte einfach.

Er zündete sich eine Zigarette an. Er setzte sich in einen der Sessel und spürte, wie eine Träne über seine Wange lief. Eine flüchtige Träne, die ihn beschämte.

In ihr nahm eine Vorahnung immer mehr Platz ein. Der, dass der Krieg eine Frage von Stunden war.

***

Der Morgen des 8. Dezember 1941 überraschte die Flotte von Admiral Togo auf hoher See.

In den vergangenen zwei Tagen hatten sich die japanischen Fluggesellschaften auf die Bonin-Inseln konzentriert. Als der Angriffsbefehl erteilt wurde, richteten die Zerstörer, die die Archipele patrouillierten und wochenlang studierten Routen folgten, ihre Bugs auf einen bestimmten Punkt aus.

In der Nacht trafen sich die Schiffe auf der Route.

Um vier Uhr morgens war die Flotte weniger als 300 Meilen von dem auf den Karten markierten Punkt entfernt.

Drei Flugzeugträger "Takiamo", "Ayanasia" und "Tsu-Hima" durchbrachen die bewegte Wasseroberfläche.

Hinter ihnen hinterließen sie Spuren von aufgewirbeltem Schaum. Seine riesigen Propeller schienen das Meer zu durchschneiden und aufzuwirbeln.

Auf ihren Decks, schnell, alle mit Präzision arbeitend, bewegten sich die Männer der Besatzung.

Pilotenteams überquerten in schwarzen Lederuniformen die Decks. Die Mechaniker in den Eingeweiden der Flugzeugträger überprüften zum letzten Mal die Triebwerke; und an Deck hörte man aufmerksam das Schnarchen des Flugzeugs.

Alle Operationen wurden im Dunkeln durchgeführt. Nur das blasse Mondlicht erhellte das Geschehen. Diese Träger sahen aus wie monströse Städte, tot und ohne Licht, die durch das Meer glitten.

Die Realität sah jedoch ganz anders aus.

Am 8. Dezember 1941, um sechs Uhr fünfzehn Minuten vor Sonnenaufgang, waren alle Piloten auf ihren Posten. Sie waren immer noch beeindruckt von den Worten, die sie gerade im Pilotraum gehört hatten.

Auf dem Flugzeugträger "Tsu-Hima" war es Admiral Togo selbst gewesen, der ihnen den Befehl gegeben hatte.

„Die Heimat fordert Sie auf, Pearl Harbor anzugreifen. Um sechs Uhr fünfzehn wird er das Ziel aufsuchen. Um 7:45 Uhr sollten die ersten Bomben auf die Schiffe der amerikanischen Flotte im Pazifik fallen. Das Ziel besteht darin, mit einem gewagten Schlag die gesamte Flotte zu zerstören und die Einrichtungen der Amerikaner auf der Insel zu zerstören. Ihre Flotte muss ohne Stützpunkt und ohne Reparaturmöglichkeit in diesem Sektor bleiben, was sie dazu zwingt, zu den amerikanischen Werften zu gehen und uns das Feld frei lässt. Die Erfolgschancen sind maximal. Seit einigen Tagen sind unsere Flugzeuge und Schiffe außerhalb der Nähe von Pearl Harbor. Wir hoffen, dass die Basis ungeschützt ist. Nichts mehr. Und jetzt steh auf.

Die Piloten gehorchten. Die Raucher warfen ihre Zigaretten auf den Boden und zerquetschten sie mit der Schuhspitze. Sie alle wussten, was dieser Befehl bedeutete.

Admiral Togo nahm eine Schriftrolle aus seiner Brieftasche und las sie. Seine Stimme, feierlich und tief, war deutlich zu hören:

„Ich werde die Sonderbotschaft Seiner Majestät Kaiser Hiro-Hito vorlesen.

Die Stille war total. Wie ein fernes Schnurren ertönte das Geräusch von Maschinen und das Schleppen von Flugzeugen an Deck.

Alle Piloten hielten den Blick auf den Mann gerichtet, der für die Japaner ein Symbol darstellte: Admiral Togo.

"Japanische Piloten: Das Heimatland bittet Sie, dass Sie bei der Aktion, die Sie in Kürze unternehmen werden, wissen, wie Sie Ihre Pflicht erfüllen müssen, und denken, dass dies eine neue Ära des Glanzes für unser Imperium bedeuten könnte. Soldaten, ich, Kaiser Hiro-Hito, Sohn der Sonne, Mikado, Verehrter der Götter, Tarakeko und dein Vater, segne dich. Allen, die im Kampf dem Tod begegnen, verspreche ich ewiges Leben voller Glück, wie es Helden verdienen. Allen, die zurückkehren aus Kampf, Ehre und Respekt in der Heimat. Von Ihnen allen erwarte ich die Nachricht, dass Sie Ihre Pflicht erfüllt haben. Unterzeichnet in Tokio am 6. Dezember 1941.

Admiral Togo legte die Schriftrolle auf den Tisch.

„Dies sind die Worte unseres Kaisers. Dazu füge ich eine einzige Warnung hinzu: Wer seine Pflicht nicht zu erfüllen weiß, wird erschossen. Und jetzt, jeder an seinen Platz.

Die Piloten verließen den Raum und gingen an Deck. Minuten später waren die Besatzungen komplett und wollten abheben.

Die Männer blieben mit dem Blick auf denjenigen gerichtet, der ihnen den Start geben musste.

Um 6.15 Uhr wedelte ein Ausbilder in der Mitte des Platzes mit den Armen.

Das erste Flugzeug ließ das Schnarchen seiner Triebwerke von sich, das rasch an Tempo zunahm. Die Propeller wurden zu einem grauen Fleck, der einen Hurrikan auf dem Deck auslöste und Sekunden später begann das Flugzeug auf der metallenen Landebahn zu rollen.

Bald ging es los. Und dann, einer nach dem anderen, gingen die anderen und bildeten die Schwadronen am Himmel.

Unten war der Flugzeugträger in einen dunklen Fleck verwandelt, ohne Licht. Am Himmel, dunkel schnarchend, die Flugzeuge, die den Tod tragen.

„Auf nach Pearl Harbor!" lautete der Slogan, der von den Kommunikationsfunkgeräten übertragen wurde.

Wie Totenvögel drehten sie sich langsam um und machten sich auf die Suche nach dem amerikanischen Stützpunkt.

Als sie verschwanden, schaute Admiral Togo, der den Start von der Kommandobrücke „Tsu-Hima" miterlebt hatte, auf seine Uhr.

„In zwei Stunden", murmelte er. „Pearl Harbour wird ein Trümmerhaufen sein. Und in ein paar Stunden werden die USA in den Kampf eingreifen ... aber ohne Aussicht auf Erfolg, im Fernen Osten.

*****

Am 8. Dezember 1941 um 6:16 Uhr heulten Sirenen auf der Basis von Pearl Harbor.

Aber sein Heulen war mit den Explosionen vermischt.

Die Basis war zur Hölle geworden. Die japanischen Flugzeuge, die bis dahin in einer Höhe von 10.000 Metern geflogen waren, stürzten in die Bucht und tauchten in wenigen Sekunden wie eine Lawine auf den Radarschirmen auf, während sie gleichzeitig begannen, ihre Eingeweide aus Blei und Sprengstoff zu entladen ..

Die Werften, bevorzugte Ziele, wurden in Rauchhaufen verwandelt. Die Kasernen und Kasernen wurden in Begräbnisstätten umgewandelt, in denen Männer durch Brandbomben zu Tode verbrannt wurden, die den Scheiterhaufen nicht lebend verlassen konnten.

Die gesamte Bucht wurde von Feuer erleuchtet.

Und das Meer war mit Öl und Petroleum bedeckt. Die "Lengely", der erste Flugzeugträger, der vollständig getroffen wurde, ließ Tausende und Abertausende Tonnen Öl ab, die sie in ihren Reserven enthielt, in einem verzweifelten Versuch, das börsennotierte Mastodon auszugleichen.

Das Schlachtschiff "Arizona" hatte keine Zeit, auf den Angriff zu reagieren. Ein Selbstmordflugzeug wurde auf ihn abgefeuert und die Explosion war schrecklich. Sekunden später explodierten ihre

Pulverfässer und Hunderte von Männern wurden durch die Luft geschleudert, ihre Körper schrecklich verstümmelt.

U-Boote, Zerstörer, Tanker ... sie wurden in einen Schwarm Verrückter verwandelt, die versuchten, sich gegen einen perfekt organisierten Angriff zu verteidigen.

Die Verwirrung in der Bucht war schrecklich.

Admiral Kimmel versuchte, die Operationen persönlich zu leiten, fand jedoch keinen Zugang zu seinen Funk- und Kommunikationsdiensten.

Er musste sich darauf beschränken, die Arme zu verschränken und das schreckliche Schauspiel zu betrachten, das der Stützpunkt bot, der Stunden zuvor der Stolz der Vereinigten Staaten im Pazifik und notfalls eine sichere Bastion der Verteidigung gewesen war.

Der Flugzeugträger "Lexington" sank um zwölf nach acht. Zwanzig Minuten später sank der Kreuzer "West Virginia"; und um neun Uhr elf das "Oklahoma".

Dieser 8. Dezember 1941 begann mit Blut für die Amerikaner.

Als die japanischen Flugzeuge um 9:22 Uhr ablegten, verwandelte sich Pearl Harbor in ein schreckliches Bild. Keines der als lebenswichtig erachteten Gebäude war dem zerstörerischen Vorgehen der Japaner entgangen. Überall gab es Lagerfeuer, die die Einrichtungen verzehrten.

Auf den Betonpisten des Flughafens waren alle Flugzeuge behindert. Keiner von ihnen schaffte es, abzuheben und mit dem Angriff fertig zu werden.

Der Flugzeugträger "Lengely" ist um zwölf gesunken

Mittag. Eine strahlende Sonne beleuchtete sein Ende und die verzweifelten Bemühungen, ihn zu retten.

Das Meer verwandelte sich in einen Fleck aus Blut und Fett. Im Wasser schwammen die Überreste der Männer, die bei diesem Überraschungsangriff ums Leben gekommen waren. Meist waren es verstümmelte Körper, die durch Explosionen zerstört oder durch Feuer verbrannt wurden.

An Land war das Spektakel nicht weniger. In der Offiziersresidenz wurden 87 Offiziere und Chefs tot aufgefunden. In den Kasernen und Kasernen starben mehr als 5.000 Mann. Die Zahlen konnten nie genau ermittelt werden.

Admiral HE Kimmel konnte der Welt mitteilen, was um zehn nach vierzehn geschah, als der Funkdienst wiederhergestellt wurde.

Und noch am selben Nachmittag erschütterte die amerikanische Nation und die ganze Welt die Empörung über den verräterischen Angriff der Japaner, der an einem einzigen Tag den Verlust der amerikanischen Hegemonie im Pazifik verursacht hatte.

Die Straßen von New York, Memphis, Philadelphia, Washington, Los Angeles, Delano ... waren gefüllt mit Männern und Frauen, die auf die großen Neuigkeiten warteten, sie hatten es seit Monaten gespürt; die Kriegserklärung.

In Washington zog eine beeindruckende Demonstration von zweihunderttausend Menschen auf das Weiße Haus zu. In seinem Gefolge wurde ein Japaner gelyncht.

Sein in einen Brei aus Fleisch, Knochen und Blut verwandelter Körper wurde von zwei Demonstranten weggezerrt und schließlich an den Gittern um das Weiße Haus aufgehängt.

Nach einigen Sekunden Stille brach die Menge in einen anhaltenden Schrei aus.

„Rache ... Rache ... Rache ... Rache ... !!

Um acht Uhr unterbrachen die Sender der Nation ihre Programme; Alle Familien versammelten sich um die Radios und die Stimme der Ansager war zu hören:

„Achtung... Achtung... Amerikaner, Achtung... Alle... Unser Präsident, Herr Franklin D. Roosevelt, wird sprechen!

Und dann, Sekunden später, war die Stimme des Mannes zu hören, der die Geschicke der Nation regierte:

"Amerikaner ... Wir befinden uns im Krieg.

Es waren keine Worte mehr nötig. Das Zittern, das die Stimme des Präsidenten erschütterte, war über den Äther zu hören. Jeder konnte ahnen, dass dem Mann nun Tränen über die Wangen liefen.

"... Wir wurden heimtückisch angegriffen, in einer Tat, die in der Geschichte der modernen Welt beispiellos ist ...

Die ganze Nation wartete auf seine Worte. Sie bedeuteten Krieg, setzten alles aufs Spiel, gingen an die Front, wo die Menschen wahre Wölfe wurden und mit dem einzigen Wunsch kämpften, zu töten, um Leben zu retten.

"... Japanische Flugzeuge bombardieren seit zwei Stunden unser Geschwader in Pearl Harbor Bay ...

Ein paar Sätze genügten, um die Tragödie zu erklären, die sich in dieser verdammten Morgendämmerung ereignet hatte.

„... Es bedeutet Krieg. Und jetzt, alle Amerikaner, ist die Zeit gekommen, zu zeigen, dass wir nicht bereit sind zu vergeben, dass wir Schlag für Schlag und Tot für Tot erwidern wollen. Wir sind ein unabhängiges Volk, das Frieden und Ruhe liebt, aber wir haben keine Angst vor der Möglichkeit, in den Krieg zu ziehen. Japan hat gezeigt, dass es Krieg will.... Und es wird! Wir werden unsere Toten rächen und dorthin gehen, wo die Pflicht uns ruft. Wir werden bis zum Ende kämpfen und werden nicht kapitulieren, solange nur ein Amerikaner am Leben ist, der in der Lage ist, einen Zentimeter unserer Heimat zu verteidigen ...

Präsident Roosevelt hatte die Seiten, die er las, zerrissen, und jetzt wurde er von seiner Improvisation mitgerissen, von seinen Gefühlen als Amerikaner, der schreckliche Schmerzen über den Tod von Tausenden und Abertausenden von Männern empfand.

„... Amerikaner, unsere Heimat, befindet sich im Krieg.

Das waren seine letzten Worte.

Von diesem Moment an und bis zum Ende der Sendungen wurden die Programme ausgesetzt und die Nachrichten, immer noch verwirrt, über das, was passiert war.

Um elf Uhr nachts wurden die ersten Verletztenlisten ausgestrahlt.

Die Musik der Militärmärsche wurde mit den Begräbnistönen der "Patética" vermischt.

Eine neue Zeit der Menschheit begann, eine gewaltsame Zeit, in der der Tod immer das letzte Wort hatte und in der die Menschen mit dem einzigen Wunsch kämpfen würden, sich selbst zu retten und zu rächen.

Geschichten, die in Friedenszeiten gelebt wurden, würden im Krieg enden. Männer, die gehasst und geliebt hatten, hatten eine Chance, sich durch Töten zu rächen.

Es war Krieg.

Dieses Wort bedeutete eine brutale Veränderung im Leben vieler Männer.

Für Charles Pencer bedeutete es einen neuen Operationssaal.

Was er jedoch nicht wusste, waren die Folgen, die der Krieg für ihn bereithielt.

KAPITEL III

Charles Pencer geriet in den Strudel der Kämpfe. Er musste, wie Millionen und Abermillionen von Menschen, seine Heimat verlassen, um seine militärischen Pflichten zu erfüllen.

Charles Pencer hatte jedoch Glück. Sein Beruf als Fotograf ermöglichte es ihm, den Krieg zu erleben, ohne die Maschine zu verlassen.

Alles begann am 9. Dezember 1941, dem Tag nach dem japanischen Angriff auf Pearl Harbor. Und der Mord an Lizzie Gerson und Philiphe Orpen.

Clever rief morgens als erstes bei der Zeitung an.

„Ich glaube, ich habe dir gute Neuigkeiten zu überbringen, Charles", sagte sie ihm.

"Welche? Was werde ich mobilisiert und gehe ich in den Krieg?

„Ja, aber anders, als Sie denken. Möchten Sie Korrespondent für "Life" werden?

"Was?

"Korrespondent für 'Life'", wiederholte Clever.

„Meinst du das ernst?" beharrte Pencer und konnte nicht ganz glauben, was er da hörte.

"Ja, richtig. Glaubst du, ich würde mit etwas so Wichtigem spielen? Noch heute morgen erhielt ich einen Anruf von Waren, dem Fotodirektor von "Life" und seiner Zeitschriftenkette. Es scheint, dass sie von dem Bericht, den wir veröffentlicht haben, begeistert waren der Japaner gelyncht und sie interessieren sich für dich Jetzt sind wir im Krieg und wir brauchen junge Fotografen, die vor nichts Angst haben und die gleichzeitig gut wissen, was eine Kamera ist ... Was sagt ihr?

„Dass ich ein Mausoleum für den Lynchmann bauen werde. Ich werde mit Waren sprechen.

So trat Charles Pencer in den Dienst von "Life", dem großen Weltmagazin. Wochen später, als Teil der Kommandobrigaden, die für zivile Aktivitäten zuständig waren, verließ er an Bord einer viermotorigen Lokomotive nach Europa die Schauplätze des Gefechts.

Bald erreichten seine Fotografien die Vereinigten Staaten, und Wochen später wurde Charlies Name den Lesern im ganzen Land bekannt.

Seine Route war aufsteigend und er war auf fast jedem Schlachtfeld präsent. Für sein heldenhaftes Verhalten wurde er mit der Medaille für Verdienstvolle Dienste ausgezeichnet und erreichte den Rang eines Leutnants.

Aber auch Triumphe und Erfolge hat er mit seinem Blut bezahlt.

Bei der Landung der Alliierten im Mai 1943 wurde er verwundet, als er General Patton vor einem Angriff rettete. Die scharfe Klinge eines arabischen Messers, die nach dem Fleisch des Generals suchte, fand die Leiche von Charles Pencer, der wie ein Blitz zwischen den Angreifer und den General gesprungen war.

Später, in Montecassino, erfuhr er von den Schmerzen, die brennendes Blei verursachte, wenn es in Fleisch steckte. Infolge dieser Verletzung blieb er zwei Monate im Bett und erholte sich in einem Notkrankenhaus im eroberten Rom.

Als er entlassen wurde, zögerte er keinen Moment und bat Waren, den Fotodirektor von "Life", ihn an den Ort der größten Gefahr zu schicken.

Tage später sprang er über Athen, bei der Landung der Alliierten in Griechenland.

Der Vormarsch der Alliierten war überwältigend. Am 14. Oktober fiel Athen und am 17. wurde Jugoslawien befreit und die Partisanen des Marschalls Titos und die alliierten Truppen marschierten in Belgrad ein.

Die Deutschen begannen zu taumeln. Nun war das Ende in Sicht und es war nur eine Frage der Zeit. Die Deutschen gaben jeden Tag ein paar Kilometer Land auf und um sie herum zog sich ein eiserner Gürtel immer enger, der sie zu ertrinken drohte.

Die Kämpfe fanden nur im Fernen Osten mit voller Wucht statt.
Und wieder wurde Charles Pencer geschickt.

Als er das Telegramm aus Waren erhielt, war er in Belgrad. Er faltete es zusammen und verließ die Zentrale Informationsstelle. Ohne Eile machte er sich auf den Weg in die Speisesäle des Hauptquartiers, wo er wusste, dass er die anderen vier Kollegen des Fototeams treffen würde.

Sicher genug, da waren sie.

"Hallo.

„Hallo Charlie. Komm schon, setz dich und warte, bis dir der Bart wächst. Wenn mich etwas am Krieg stört, sind es die Speisesäle im Hauptquartier ein Omelett innerhalb von fünf Minuten nach der Bestellung.

„Wir haben Belgrad erst seit drei Tagen betreten. In Kalkutta wird es noch schlimmer.

„Ja und noch schlimmer natürlich in der Hölle", murmelte einer der Fotografen, ein großer, dünner, bärtiger Kerl.

„Mit dem Unterschied, dass wir vorerst nicht in die Hölle fahren, während wir nach Kalkutta fahren.

"Was?

„Dass ich von Waren ein Telegramm mit dem neuen Aktionsfeld bekommen habe: Kalkutta und Burma ... Sie wissen es wohl schon.

„Nun nein, mein Sohn, es ist die erste Nachricht. Sind Sie sicher, dass sie uns alle schicken?

„Ich denke schon, wie immer.

„Ich habe den ‚Jeep' draußen. Ich gehe und in zehn Minuten bin ich wieder hier. Wir werden sehen, ob es sowas gibt.

Einer der Fotografen stand auf.

Sie hatten den ersten Kurs noch nicht beendet, als er zurückkam.

„Nun Charlie, ich fürchte, du musst alleine gehen.

„Gibt es kein Telegramm für dich?

„Ja, aber uns wird befohlen, den Angriff der Alliierten weiter zu verfolgen.

"Was bedeutet...

„Das trennt uns.

„Schönes Panorama!

Keiner von ihnen machte weitere Bemerkungen. Sie wussten, dass den Befehlen von Waren nur Folge geleistet werden konnte.

Als das Essen fertig war und auf ihren Erfolg angestoßen hatte, machte sich Charles Pencer auf den Weg zum Hauptquartier. Dort wurde ihm ein Platz in einem Flugzeug auf dem Weg nach Saudi-Arabien zur Verfügung gestellt und von dort würde er mit einem anderen Flugzeug nach Kalkutta fliegen.

Alles war bereit.

***

Am nächsten Tag kam er in Kalkutta an. Als sich die Flugzeugtür öffnete und Charles Pencer im Rahmen erschien, trat ein Mann am Fuß der Leiter vor.

"Herr. Charles Pencer? Er hat gefragt.

"Das gleiche.

„Ich bin Sullivan, Attaché des britischen Generalstabs. Willst du mich begleiten?

„Ja, sicher... aber ich fürchte, es herrscht Verwirrung. Ich bin Fotograf und bin an Empfänge dieser Art nicht gewöhnt.

„Jetzt ist es anders. Ich muss ihn nach Yunan-Leda begleiten.

„Was ist das? Ein Sanatorium?

„Ein Übungsgelände... ich habe den Jeep warten.

"Also, lasst uns gehen.

Sullivan stieg in den Jeep und Charles folgte ihm. Der Fahrer trat, ohne auf einen Befehl zu warten, aufs Gaspedal und sie fuhren los.

Sie durchquerten Kalkutta und rollten eine Stunde lang durch den Dschungel, umgeben von einer wunderbaren Landschaft.

Als sie etwa fünfzig Meilen zurückgelegt hatten, erreichten sie Yunan-Leda. Es war eine Enklave im Dschungel, die aus drei oder vier einstöckigen Gebäuden bestand.

„Wir sind in Yunan-Leda, Herr Pencer.

„Und um das zu sehen, haben sie mich gezwungen, Belgrad zu verlassen?

„Für etwas anderes. Sie werden es in wenigen Minuten wissen. Colonel Briner wird es erklären.

Sie überquerten den Hof und betraten eines der Gebäude. Von dort gingen sie in ein leeres Büro. Charles Pencer ging zum Fenster.

„Es ist, als wäre man mitten im Dschungel", murmelte er und betrachtete die Landschaft.

„Es ist das, was wir wollen. Wir gewöhnen uns an den Dschungel.

"So dass?

"Du wirst es herausfinden. ,

„Nun gut, ich warte. Darf ich wenigstens fragen, ob ich das viele Stunden lang machen soll?

„Reden Sie nicht über Stunden. Keine Minuten, Mr. Pencer. Es tut mir leid, dass ich Sie warten ließ", sagte eine Stimme.

Der Fotograf drehte sich schnell um. Vor ihm in der Tür stand ein großer, dünner Mann in einem Kolonialanzug. Auf seiner Brust trug er das Abzeichen eines Oberst.

"Colonel Briner? Fragte Charles.

„Ja. Setz dich bitte hin. Ah! und lass mich dir zu deinen Fotos gratulieren. Sie sind beeindruckend.

„Eine Frage, den Kerl zu spielen ... Manchmal habe ich gedacht, dass sie im Grunde nur persönlichen Stolz darstellen, wenn man von jemandem, der unbekannt ist, wie Ihnen, gratuliert wird.

„Nun, ich bin jetzt ein Fremder, aber ich bin bereit, in zwölf Tagen dein Freund zu sein.

„Und warum dieses Interesse?

„Mir wurde befohlen, ihn zu einem Kommando im Dienste des britischen Empire zu machen, und ich bin bereit, den Befehl auszuführen.

„Britisches Kommando…? Es scheint mir, dass ich etwas nicht ganz verstehe. Lassen Sie uns nach Teilen gehen: Ich bin Amerikaner, von Beruf Fotograf, der den ganzen Krieg gekämpft hat, immer an vorderster Front, Teil eines professionellen Teams. Vor zwei Tagen war ich in Belgrad, als ich den Auftrag erhielt, ohne weitere Erklärung nach Kalkutta und dann weiter nach Burma zu ziehen. Aber der Auftrag kam von Waren, dem Fotoregisseur von "Life", dem Mann, der uns dorthin schickt, wo er die interessante Nachricht für den Leser hält. Versteht…? Ein bestimmter Auftrag.

„Ja, für dich ja. Ist Ihnen klar, dass die Bestellung nur für Sie war?

„Ja, richtig. Und das verstehe ich nicht ganz.

„Ich erkläre es Ihnen in wenigen Worten: Burma ist eine grüne Hölle, in der der Kampf fast privat stattfindet. Seit Monaten weiß niemand, für wen er kämpfte oder wofür er kämpfte, aber die Wahrheit ist, dass es unseren Truppen nicht gelungen ist, die Belagerung zu durchbrechen, die die Japaner, die Südchina besetzt haben, um 1 $ Indien gezogen haben. Und das ist unser Ziel: den japanischen Gürtel, der uns umgibt, zu durchbrechen.

„Unser Ziel?

die Japaner haben es versäumt, Burma vollständig zu beherrschen. Seine Auftritte wurden isoliert, aber seine Hits sind genau. Es ist wahr, dass nach jedem Schlag nur sehr wenige Männer lebend in ihre Basis zurückgekehrt sind, aber dies ist für uns ein unwichtiges Detail, denn wir wissen, dass jedes unserer Leben ein tödlicher Schlag für sie ist. Versteht?

„Ja, im Moment, aber ich verstehe die Beziehung, die ich zu all dem haben könnte, nicht wirklich. Im Herzen, Colonel Briner, bin ich ein logischer Mensch, und wenn ich etwas tue oder dazu gezwungen werde, möchte ich wissen, was ich tun werde und welche

Möglichkeiten ich habe, aus dem Ort herauszukommen, wo ich hinkomme am Leben. Konkret: Was ist meine Rolle hier?

„Grundlegend und grundlegend, auch wenn es Ihnen vielleicht nicht so erscheint. Aber lassen Sie mich etwas erklären, das ein Staatsgeheimnis ist.

„Staatsgeheimnis, und du erklärst es mir ruhig?

„Wenn ich einen Schritt mache, kenne ich den Boden, auf den ich trete. Sie sind hier, um einen Plan zu akzeptieren oder nicht, aber Sie wurden aus vielen Dutzend Männern ausgewählt und ich glaube, wir haben uns nicht geirrt.

„Warten Sie, bis er mir den Plan erzählt hat, ihm zu sagen, ob er Recht hat oder nicht. Fang an, ich werde nervös.

„Der Plan ist wie folgt: Wir wissen aus gut informierter Quelle, dass die Japaner bereit sind, Burma einen Schlag zu versetzen, von dem sie darauf vertrauen, dass ihnen die Türen Indiens geöffnet werden. Es ist für niemanden ein Geheimnis, dass, wenn die Japaner in Indien ankämen, der Krieg im Fernen Osten praktisch zu ihren Gunsten vorbei wäre und es keine Möglichkeit gäbe, sie zu besiegen. Mit dem eroberten China im Rücken, das als Startrampe dient, und Burma als Stützpfeiler, wäre es unmöglich, sie einen Schritt zurückzudrängen.

„Das ist ein Plan, den ich schon oft gehört habe. Und es überrascht mich, dass die Japaner sich nicht entschieden haben, es zu versuchen.

„Jetzt sind sie es. Das Datum für seine Truppen, Burma vollständig zu erobern, ist der 25. dieses Monats.

„Was...? Der fünfundzwanzigste? Aber es sind noch sechs Tage!

Ja, nur sechs Tage. Und wir sind zuversichtlich, dass ihr Angriff so gut organisiert ist, dass sie bis zum 10. des nächsten Monats Rangun, die Hauptstadt Burmas, erreicht haben.

„Und wirst du ihnen Rangoon geben?

„Ja. Ein leckerer Bissen, oder?

„Zu viel und schwer zu erobern ... vorausgesetzt, diese Absicht besteht in den Plänen des alliierten Generalstabs.

„Existiert. Theoretisch ist es schwierig, zurückzugewinnen, aber in der Praxis wird es nicht sein.

"Warum?

„Denn wenn wir starten, werden die Japaner durch die Entführung von General Takemo-Mako demoralisiert.

„Aber... Takemo-Mako selbst?

„Ja. Und wir wollen keine Verwirrung über seine Persönlichkeit aufkommen lassen. Der Sieg der Alliierten über Burma muss ein moralischer Sieg sein, der den japanischen Streitkräften den letzten Schlag versetzt. Und hier spielen Sie Ihre Rolle.

Erklären Sie sich. Ich verstehe es nicht ganz.

„Wenn die Japaner ihr Ziel, die Invasion Burmas, erreichen, wird ihre Moral am Rande des Explodierens sein. Das japanische Volk ist ein Volk, das stolz auf sich selbst ist. Ich nehme an, Sie werden die enorme Menge an Legenden, die sich um Ihre lebenden und toten Helden drehen, nicht ignorieren.

„Ja, und mir ist auch nicht bewusst, dass General Takemo-Mako einer seiner lebenden Helden ist. Zusammen mit Admiral Togo und General Manimo bilden sie ein Triumvirat lebender Helden.

„Ja. Und die Anwesenheit von General Takemo-Mako in Rangun, der die Truppen predigt und ihnen zu ihren Heldentaten gratuliert, wird die Stimmung der Truppen entfachen und sie dazu anregen, sich auf Indien zu stürzen und das englische Kolonialreich zu zerstören.

„Aber damit Takemo-Mako Rangun erreichen kann, müssen seine Truppen zuerst die Stadt erobern.

„Sie werden es schaffen. Alles ist dafür bereit. Das alliierte Kommando hat angeordnet, zehn Kilometer von der indischen Grenze entfernt eine Einheitsfront zu bilden, eine Front, die für die Japaner hart und uneinnehmbar ist, ihnen aber erlaubt, den größten Teil des burmesischen Territoriums zu erobern. Wenn sie erfolgreich sind, wird General Takemo-Mako nach Rangun gehen, um den letzten Angriff zu starten.

„Und dann kommt der von uns erwartete Moment, oder?

„Sie irren sich. Unser Moment wird früher kommen. Unser Moment ist zweihundert Kilometer von Rangun entfernt, in einer Enklave am Straßenrand mitten im Dschungel, in Mogaung. Der General wird an einem bestimmten Datum dort vorbeikommen.

„Und was passiert dann?

„Dass in Mogaung seine Reise endet. Eine Gruppe britischer Kommandos wird Sie an der Weiterfahrt hindern und Sie an die zwanzig Meilen entfernte Küste bringen. Alles ist vorbereitet und nichts kann scheitern ... Wenn überhaupt, nur Männer, wenn sie sterben. Ich kenne sie gut genug, um sicher zu sein.

Was ist, wenn dies passiert?

„Dann wird es das englische Imperium schwer haben. Die Japaner werden vom Erfolg angefeuert und werden Indien zu allem bereit angreifen. Aber das ist eine Möglichkeit, über die man nicht nachdenken sollte. Was passieren wird, ist etwas ganz anderes: Burma wird unter ihrer Macht stehen, und plötzlich werden sie feststellen, dass eine Gruppe von Engländern, sehr wenige, Angst haben könnten, wenn sie wissen, was sie vorbereiten, sie werden ihn, tot oder lebendig, entführen sein Held. Die moralischen Auswirkungen auf die Japaner werden schrecklich sein, das versichere ich Ihnen. Und dann wird unsere Zeit zum Handeln kommen: Luftlandedivisionen werden in den Dschungel in den japanischen Rücken starten und von zwei verschiedenen Fronten aus Druck auf die japanische Armee ausgeübt werden, bis sie vollständig zerstört ist. Dann, in einer Kampagne, in der Geschwindigkeit Ihre Hauptwaffe sein sollte, wird China betreten und dasselbe wird dort wieder passieren; Sie werden sich mit zwei Fronten wieder treffen: Mao-Tse-Tung von hinten und wir von vorne. Das Ende ist nur eines: Wiedereinschiffung oder Zerstörung. Und da sie bis zum Ende Widerstand leisten, ist der Tod das Einzige, was sie erwartet.

„Zweifellos erscheint mir der Plan sehr kühn und kalkuliert, aber was ist meine Rolle in dieser Angelegenheit?

„Eins und grundlegend. Vor der Entführung von Takemo-Mako werden die Japaner die Nachricht leugnen, um eine Demoralisierung ihrer Truppen zu vermeiden. Dies ist bereits in unseren Plänen enthalten, aber wir werden ihnen die Überzeugung geben, dass das, was wir ihnen sagen, wahr ist. Und dafür ist die einzige Möglichkeit, die wir haben, Tausende und Abertausende von Fotografien an den Kampffronten zu veröffentlichen. Japanisch ist eine sehr komplizierte Sprache, da mehr als 80 Prozent der Menschen Analphabeten sind. Flugblätter nach ihnen zu werfen, würde zu nichts führen: Es gibt nur die Möglichkeit, ihnen fotografische Reproduktionen des Moments der Entführung ihres Helden zuzuwerfen.

„Und ich nehme an, meine Aufgabe ist es, die Fotos zu machen.

"So ist es.

„Und warum gerade ich, ein Amerikaner, in einer Leistung, die ausschließlich britisch sein wird?

„Um diese Individualisierung zu vermeiden. Der Krieg, denken Sie daran, wir machen die Adiaten, nicht die Engländer, Amerikaner oder Franzosen. Die Verbündeten, alle zusammen und wir möchten, dass Sie bei Takemo-Makos Entführung dabei sind ... Außerdem ist er der ideale Mann für eine solche Leistung: Sein Mut wurde Dutzende Male bewiesen; und seine Fähigkeit, in den gefährlichsten Momenten zu fotografieren, steht außer Frage.

Was ist, wenn ich mich weigere? Was passiert, wenn ich nicht akzeptiere?

„Es gibt keinen Mann, der für die Welt notwendig ist, mein Freund. Die Friedhöfe sind voll von Männern, von denen man annahm, dass sie für den Marsch der Menschheit unentbehrlich waren ... und doch sind sie tot und die Welt geht weiter. Wenn Sie damit nicht einverstanden sind, bleiben Sie als offizieller Besucher hier, bis Takemo-Mako entführt wurde. Dann kannst du gehen, wohin du willst.

Und wie stehen die Chancen, aus einem solchen Abenteuer lebend herauszukommen?

„Man versucht, sie maximal zu erhöhen, aber die Möglichkeiten müssen bei den gleichen Männern wie bei uns liegen. Alles ist berechnet, aber man muss der Kapazität der gewählten Befehle vertrauen. Wir sind sicher, dass Takemo-Mako mit dem Jeep reisen wird, dem einzigen Fahrzeug, mit dem es möglich ist, durch den burmesischen Dschungel zu reisen, und dass seine Begleitung nicht sehr zahlreich sein wird. All dies werden wir genau wissen, wenn wir handeln. In der Nacht vor der Prozession werden Sie auf das Operationsfeld gebracht und in der folgenden Nacht wird ein U-Boot bereit sein, Sie neben dem Strand abzuholen, der dem Aktionspunkt Mogaung am nächsten liegt. Wenn etwas Unvorhergesehenes passiert, ist das U-Boot am nächsten Tag wieder da. Und das gleiche am dritten Tag. Wenn sie dann nicht abgeholt wurden,

„Und muss Takemo-Mako es lebend zum U-Boot schaffen?

„Ja ... wenn möglich. Aber das ist ein zufälliges Detail. Die Japaner verstehen es vielleicht besser, wenn sie das Foto von Takemo-Mako tot sehen, als wenn sie ihn lebend sehen.

„Wie viele Männer werden wir an der Aktion teilnehmen?

„Sollen wir ...? Meinst du, du akzeptierst?

"Ich glaube, ich habe keine andere Möglichkeit ... Außerdem rät mir mein eigener Stolz, ich glaube, ich habe Sullivan etwas davon erzählt: Ein von mir signiertes Foto mit der Entführung oder dem Tod von Takemo-Mako zu sehen, wäre in der Lage um meinen Kopf so oft wie nötig zu spielen.

„Nun, ich feiere es. Ich bin sicher, sie werden es tun.

„Und wie viele werden wir sein?

„Fünf Männer.

„Was...? Nur fünf Männer?

„Ja. Wollen Sie, dass wir ein ganzes Bataillon in den Rücken der Japaner schicken? Außerdem wird der angestrebte moralische Effekt doppelt so groß sein, wenn man sieht, dass es nur fünf Männern gelungen ist, alle ihre Operationen zu stören und ihren Helden zu fangen.

„Ja, der Effekt ist bei fünf Mann doppelt so groß wie bei einem Bataillon, aber die Erfolgschancen werden um den gleichen Betrag reduziert.

„Man muss vertrauen. Sie wurden für etwas ausgewählt. Bis zu dem für die Aktion festgelegten Tag trainiert er neben den ausgewählten Befehlen. Sie lernen die Geographie Burmas kennen, lernen die drei wichtigsten Dialekte der Halbinsel kennen: Temo, Siamo und Getunga und vor allem lernen Sie Ihre Abenteuergefährten und den Kampf im Dschungel kennen. Ich hoffe, dass sich alles wie geplant entwickelt. Irgendwelche Fragen?

„Ja... aber ich fürchte zu viele, als dass du jetzt antworten könntest.

„Möchtest du deine Kollegen kennenlernen?

„Ja. Je eher ich beim Tanz bin, desto eher werde ich es schaffen.

"Folge mir bitte.

Charles Pencer stand auf und folgte Colonel Briner.

Sie durchquerten das Büro und einen kleinen Raum und kamen in die Mitte des von den drei Gebäuden gebildeten Platzes.

In diesem Moment traf eine Gruppe von Kommandos ein. Charles zählte sie mit einem Blick. Es müssen ungefähr zwanzig Männer gewesen sein.

Sie trugen Uniformen aus grüner, gesprenkelter Seide und waren leicht zu verwechseln. Seine Waffen bestanden aus einer kurzen Maschinenpistole, "Parabellum", die über seiner Brust hing, einer Pistole auf seiner rechten Seite und einem ananasartigen Handpumpengürtel.

Sie alle trugen die Ärmel über den Armen verschränkt und ihr Gang war martialisch.

Schweiß durchnässt die Uniformen, die wie eine zweite Haut über den Leichen klebten. Ihre Gesichter waren schweißgefleckt und ihre Haut war sonnenverbrannt.

Einige von ihnen trugen einen mehrtägigen Bart. Und einer, einer von zwanzig, trug einen rötlichen Bart.

Charles Pencers Augen folgten dem bärtigen Mann. Und dabei lief ein Schauder durch seinen Körper, als er sich für eine Sekunde an die schreckliche Vision erinnerte, die vor seinen Augen erschienen war. Er hatte sich an den leblosen Körper von Lizzie Gerson erinnert, ihre Finger umklammerten Barthaare, rötliche Haare, die Gerard Oarking gehörten.

Er schüttelte den Kopf, um den Gedanken zu verdrängen. Monatelang hatte er völlig vergessen, was geschehen war, aber jetzt, plötzlich, war ihm diese schreckliche Erinnerung wieder in den Sinn gekommen, in der sich Liebe und Rachsucht vermischten.

Die zwanzig Männer standen direkt vor Colonel Briner. Einer von ihnen, der wie ihr Chef aussah, trat vor und überbrachte die Neuigkeit.

"Einen Moment, bitte...", schrie der Colonel. Und dann fügte er hinzu: Lieutenant Gregor, Commando Richard Gray, Commando Anderson Barry, Commando Smork. Und Sie, Major Tracy ... Der Rest, bricht aus den Reihen!

Die Gruppe zerfiel. Nur die fünf namentlich genannten Männer blieben in der Mitte des Hofes.

Und unter ihnen war der mit dem rötlichen Bart.

KAPITEL IV

Die Nachricht verbreitete sich wie ein Lauffeuer um die Welt. Die Japaner starteten im November 1944 einen Überraschungsangriff auf Burma.

Seine mächtige Kriegsmaschine durchquerte in wenigen Tagen den fast undurchdringlichen burmesischen Dschungel und zerstörte alles, was sich ihm in den Weg stellte. Ihr Vormarsch stieß auf fast keinen Widerstand und erreichte in einem totalen Triumph, der während des Zweiten Weltkriegs selten vorgekommen war, die Nähe der indischen Grenze.

Zehn Kilometer entfernt trafen die ersten ernsthaften, unüberwindlichen Widerstände auf, und alle japanischen Bemühungen schlugen gegen sie zusammen.

Der Erfolg war jedoch bereits erreicht, und die Moral der Truppen war unglaublich gewachsen.

Seine Majestät der Kaiser Hiro-Hito empfing General Takemo-Mako am Hof von Tokio und verlieh ihm die Kategorie des Kriegsgottes, indem er ihn an seinen eigenen Tisch setzte, in einem Akt, der in Japan selten gegeben wurde.

Die Welt erkannte, was dieser Fortschritt bedeutete. Es bedeutete das Ende des englischen Kolonialreiches im Fernen Osten, wenn die Bastion Indien nicht Widerstand leistete und vor den Nipponen zusammenbrach. Innerhalb Indiens organisierten einige liberale Elemente Kundgebungen, die die Ankunft der Japaner forderten und mit ihnen das Ende der englischen Herrschaft, ohne zu wissen, dass dies das Ende Indiens selbst bedeutete.

Es gab jedoch einige Männer, die vom japanischen Vormarsch nicht im Geringsten überrascht waren. Es ging an die Männer des Alliierten Generalstabs aus Fernost. Für sie war dieser Vorstoß ein taktischer Rückzug, ein Schlag, der später hundertfach zurückkehren sollte. Sie wussten, dass es eine tödliche Falle war, in die selbst die Männer des Imperiums der aufgehenden Sonne gesperrt waren.

In Yunan-Leda wurde die Nachricht ruhig aufgenommen.

Die Gruppe von Kommandos, die sich auf den Putsch vorbereiteten, der den Kampf in Burma entscheiden sollte, erhielt die Nachricht bei Einbruch der Dunkelheit desselben Tages.

Sie kehrten von einem dreißig Meilen langen Marsch in die nahegelegenen Wälder zurück.

Als sie Yunan-Leda erreichten, waren sie schweiß- und schlammbedeckt, aber ihre Körper, die in den letzten Wochen hart trainiert worden waren, waren bereit, wenn nötig, weitere 50 Kilometer zurückzulegen.

Major Tracy marschierte vor ihnen. Als er Oberst Briner sah, der unter der Veranda eines der Gebäude auf sie wartete, wandte er sich an seine Männer und gab ihnen den Befehl, anzuhalten. Dann fügte er zwischen zusammengebissenen Zähnen hinzu:

„Die Zeit ist gekommen, Jungs.

Er ging auf den Oberst zu und stellte sich vor ihm auf.

„Keine Neuigkeiten, mein Oberst.

„Alles auf den Punkt?

„Ja, um zu beginnen, wann Sie wollen.

"Es wird sehr bald sein. Die Japaner haben den Angriff gestartet. Ich hoffe, dass sie morgen Abend in Rangun ankommen und dass sie vor dem 12. des nächsten Monats handeln müssen."

„Ich feiere es, Colonel. Die Stille begann mich zu stören.

„Nun, befehlen Sie Ihren Männern, die Reihen zu brechen. Geh duschen, mach ein bisschen sauber und komm dann in mein Büro. Ich warte in zwanzig Minuten auf Sie, um den Plan in allen Einzelheiten zu erklären. Jetzt steht es unmittelbar bevor und jeder muss davon erfahren.

Major Tracy rief den Befehl, und sie rannten los, um sich abzuwaschen.

Zwanzig Minuten später betraten sie Oberst Briners Büro, und um Mitternacht kamen sie wieder heraus.

Alle waren ruhig und zuversichtlich. Sie hatten sich jede erdenkliche Lösung einfallen lassen und jeder mögliche Haken war gelöst. Wenn alles nach Plan lief, wäre der Erfolg mit ihnen. Es blieb nur noch zu warten, bis General Takemo-Mako nach Rangun reiste, um seinen Männern zu gratulieren.

„Er wird kommen, keine Sorge", murmelte Smork, einer der Kommandos.

„Aber es wird nicht kommen. Hier ist der Witz", fügte Richard Gray hinzu.

„Und was sagst du, Charlie?

„Lasst den Tanz so schnell wie möglich beginnen. Seit zwei Wochen kann ich kein einziges Foto im Wert von einem halben Dollar machen.

„Und wie viel, denkst du, werden die des Generals wert sein?

„Sehr wenig für mich, fürchte ich. Vielleicht nur die Ehre, an seiner Entführung teilgenommen zu haben.

„Und kommt Ihnen das wenig vor?", fragte Major Tracy.

„Nicht. Wenn es so aussehen würde, wäre ich nicht hier.

„Du wärst in Paris und würdest die Soldaten der Freiheit fotografieren, wie sie in ihren Clubs tanzen, oder? ...

LOL!!

Leutnant Gregors Lachen klang hohl, hohl, falsch. Und keiner von ihnen hat sie gesungen.

Diese Anspielung auf das zivilisierte Leben, auf Frauen, auf das Tanzen hatte alle in schlechte Laune versetzt.

Gregor verstummte, als er es merkte. Das folgende peinliche Schweigen wurde von Major Tracy gebrochen:

„Leute, genug für heute. Lasst uns zur Ruhe gehen und hoffen, dass die Zeit für uns zum Handeln kommt. Jetzt machen es die Japaner, aber dann müssen wir lachen.

Alle gehorchten und gingen zu einer der Baracken, wo sie die Kojen hatten.

Sie legen sich darauf.

Charles Pencer zündete sich eine Zigarette an. Ich war nervös. Er verschränkte die Hände im Nacken und hielt die Zigarette an die Lippen.

Und während er rauchte, sah er Anderson Barry an, den Mann mit dem roten Bart, den Kommandanten, der sich in den letzten zwei Wochen als versierter Sportler erwiesen hatte, der jeder körperlichen Anstrengung gewachsen war.

Schließlich ließ er die Zigarettenkippe auf den Boden fallen und zerquetschte sie mit einem Schuh, den er unter dem Bett fand. Dann ist er eingeschlafen.

***

Am 11. Dezember kam die Nachricht, dass General Takemo-Mako nach Rangun reiste, um den Truppen zu ihrem brillanten Vormarsch zu gratulieren und die Umarmung, die Kaiser Hiro-Hito ihn persönlich gegeben hatte, weiterzugeben.

Die Nachricht erreichte Yunan-Leda sofort. Sie hatten ein paar Stunden Zeit, um die Entsendung der Kommandopatrouille vorzubereiten.

Nachmittags, um sechs, entließ Oberst Briner die Patrouille.

„Ich hoffe, ich kann Ihnen zu Ihrer Rückkehr gratulieren.

"Wir werden es für Ihr Konto beschaffen, Oberst", antwortete Gregor.

"Und wenn wir es schaffen, können Sie Takemo-Mako selbst gratulieren", fügte Smork hinzu.

„Muss es schaffen, Jungs.

"Er kann tot sein, Colonel, und dann kann er nur eine Leiche ansehen", fügte Smork hinzu.

„Gut, tot oder lebendig, ich will es sehen. Verstanden?

„Wir werden nachkommen.

Die sechs Männer stiegen in zwei Jeeps. Sie waren mit Maschinenpistolen, einer Pistole und einem Handpumpengurt bewaffnet. Auf dem Rücken trugen sie einen kleinen Rucksack, in dem das Nötigste und Nötigste war: ein Notfallset und Kraftfutter für fünfzehn Tage. Obwohl ihnen der Erfolg nicht aus den Händen zu gleiten schien, hatten sie alles vorhergesehen.

Um sieben erreichten sie den Flugplatz Kalkutta.

Und um zehn Uhr, als die Nacht über die Stadt und den Dschungel hereingebrochen war, machten sich die sechs Männer auf den Weg zu einem Transportflugzeug, das auf einer der Seitenpisten angehalten wurde.

Sullivan war der letzte Mann, der mit den Helden sprach, die ihre Pflicht erfüllen würden.

„Viel Glück, Freunde", sagte er ihnen.

"Wir werden.

Minuten später schnarchten die Triebwerke und das Flugzeug hob ab.

Ein RAF-Kapitän half ihnen, ihre Fallschirme anzuziehen. Sie mussten über einen bestimmten Punkt in der Nähe von Mogaung springen, und dorthin wollten sie.

Das Flugzeug flog in achttausend Metern Höhe, bereit, unbemerkt zu fliegen.

Eine Stunde lang schwiegen alle Männer, bis im Flugzeug eine rote Ampel aufleuchtete.

"Wir kommen an", sagte der RAF-Kapitän.

Major Tracy stand als erste auf und befestigte den Gurt seines Fallschirms an der Eisenstange, die durch die Mitte des Flugzeugs führte.

Dann wiederholten die anderen die Operation.

Zweimal hintereinander blinkte ein grünes Licht.

„Noch zwei Minuten", murmelte der Flieger.

Alle Männer verspürten ein seltsames Gefühl. Das Flugzeug verlor mit hoher Geschwindigkeit an Höhe und näherte sich dem Boden.

Major Tracy konnte durch die Öffnung, die als Tür diente, die Schatten auf dem Boden sehen. Das silberne Band eines Flusses war klar umrissen. Es war der Nikong-Fluss. Dutzende Male hatte er es auf der Karte gesehen und während seines gesamten Kurses studiert. Er wusste, dass Mogaung, eine kleine Stadt an der Straße, die zur Hauptstadt Burmas führte, seinen Mäandern folgte, in seinem dem Meer am nächsten gelegenen Teil.

Das grüne Licht ging sofort an und aus.

„Eine Minute, Senior. Mögen Sie Glück haben.

"Vielen Dank.

Die sechs näherten sich der Öffnung. Sie wussten, dass sie fast in Bündeln starten mussten, um so nah wie möglich den Boden zu erreichen.

Das Flugzeug ist abgewinkelt und eingekreist. Sie flogen in einer Höhe von weniger als zweitausend Metern.

"Wir sind schon am Startpunkt", murmelte Leutnant Gregor, als er das Manöver erkannte.

In diesem Moment ging das rote Licht an.

„Er! Der Flieger schrie. Und gleichzeitig schlug er mit einer mechanischen Geste Major Tracy auf die Schulter, der durch die Öffnung verschwand. Dann folgten in schneller Folge die restlichen Kommandos dem gleichen Weg.

Sekunden später, in der Luft schwebend, waren die schwarzen Schatten der sechs dunklen Seidenfallschirme nur noch schwer zu erkennen.

Sie kamen langsam herunter, wackeln, die Füße zusammen und die Knie waren kurz davor, sich zu beugen, sobald sie den Boden berührten.

Charles Pencer sah sich um. Er erkannte die schwarzen Schatten seiner Gefährten. Und er sah auch, wie sich die Erde mit einer Geschwindigkeit, die ihm teuflisch vorkam, seinen Füßen näherte.

In einer reflexartigen Geste legte er die Hand auf das Paket, das er auf seiner Brust trug, in dem er die Kameras hatte. Dabei bewegte sich der Fallschirm, ließ ihn schwingen und überzeugte ihn, dass dies nicht der richtige Zeitpunkt war, sich um den Apparat zu kümmern.

Augenblicke später drang ihr Körper durch die ausgedörrten Äste eines Baumes und ihre Füße schlugen auf dem Boden auf. Fast augenblicklich gaben seine Knie nach und er versuchte, sich zu balancieren, indem er sich hinhockte. Es gelang ihm nicht und rollte auf dem Boden, ohne Bewegungsfreiheit. Die schwarze Seide des Fallschirms hatte sich in den niedrigen Ästen des Baumes verfangen und sie hielten ihn fest.

Diese Möglichkeit war bereits in den Berechnungen enthalten. Er griff in seine Tasche und zog ein kleines Messer heraus. Mit vier gut ausgeführten Schlägen löste er die Seide und war frei. Er stand auf und spreizte die Beine.

Und als er aufstand und sich bewegte, merkte er, dass er allein war, mitten im burmesischen Dschungel, in einem unbekannten Land voller Gefahren.

"Charlie! ...

Er drehte sich um. Vor ihm, die Fallschirmseide schleppend, war Commander Richard Gray.

" Alles gut?

„Ja. Weißt du, wo die Ältesten und die anderen sind?

„Nicht weit. Als ich fiel, sah ich den Ältesten zu meiner Rechten. Und ich glaube, der Leutnant war neben ihm.

"Wir gehen dorthin ... Nimm den Fallschirm, wir graben ein Loch und begraben sie alle zusammen, um keine Fußspuren zu hinterlassen.

"Gut.

Charles Pencer zog heftig daran, und die Seide knackte die ausgedörrten Äste des verbrannten Baumes, der sie festhielt. Er klemmte sich ein Bündel unter den Arm und trat in Greys Fußstapfen.

Augenblicke später wurden Major Tracy und Leutnant Gregor gefunden.

"Nun? fragte der Ältere lakonisch.

„Ja. Und Barry und Smork?

„Sind sie nicht bei dir?

„Nein, sie müssen ein wenig auseinander gefallen sein. Ich habe Barrys Fallschirm zu meiner Rechten gesehen, etwas weiter vorne.

„Lass uns sie finden. Ich glaube, niemand hat bemerkt, dass wir angekommen sind.

Die vier Männer setzten ihren Marsch fort. Sie brauchten mehrere Minuten, um Barry zu finden. Er hing an einem Baum, der vom Fallschirm hochgehalten wurde.

Als er die vier Männer ankommen sah, begann er zu treten, um ihre Aufmerksamkeit zu erregen.

Auf dem Boden zu seinen Füßen lag das gefallene Messer.

„Ich habe es fallen lassen, als ich versucht habe, die BHs aufzuschneiden", murmelte er leise.

„Komm hoch, Grey", befahl der Ältere.

Dem Vorgenannten wurde umgehend Folge geleistet. Vom Baumstamm schlug er mehrere Schläge auf die Seidenseile und Barry brach zu Boden.

„Und Rauch?

„Ich weiß nicht, wo es ist", murmelte Barry. „Vielleicht hängt es an jedem Baum.

„Es kann nicht weit sein. Sie müssen ihn suchen, bevor er uns sucht und sich verirrt.

„Wir können uns in zwei Gruppen aufteilen und uns auf diesen Baum konzentrieren. In zehn Minuten treffen wir uns hier. Konforme?

„Ja. Ich gehe mit Barry", sagte Pencer.

"Gemäß.

Die beiden Gruppen trennten sich. Barry und Pencer gingen zu ihrer Rechten und wurden bald abgeschnitten.

Dunkelheit und undurchdringlicher Dschungel umgaben sie. Ihre Schritte vervielfachten den Lärm und eine verborgene und halluzinatorische Welt des Lebens schien sie zu umgeben.

Barry ging voraus, das Maschinengewehr in der Hand, bereit, das Feuer zu eröffnen. Hinter ihm trat Charles Pencer in seine Fußstapfen.

Plötzlich legte der Fotograf Barry die Hand auf die Schulter. Er öffnete den Mund, um etwas zu sagen, aber die Worte blieben in ihm und kamen nicht heraus.

Barry drehte sein rötlichbärtiges Gesicht. Seine Augen glänzten in der Dunkelheit der Nacht.

„Was?“ sagte er leise.

Pencer schluckte noch einmal. Dann zeigte er nach links.

„Schau“, sagte er fast ohne Kraft.

Barry richtete seinen Blick auf die angezeigte Stelle.

Ein makabrer Anblick entstand vor seinen Augen. Da war Smork, immer noch mit gelösten Fallschirmgurten, die schwarze Seide zusammengerollt in den Zweigen.

Seine Arme hingen über die Länge seines Körpers. Sie waren die Arme der Toten, Arme, die sich nicht bewegen konnten.

Seine Füße berührten den Boden nicht. Sie waren ein paar Zentimeter entfernt.

Und auf seiner Brust tauchte der Griff eines Messers auf, das ihn an den Baum genagelt hielt, an dem sein Fallschirm befestigt war.

Barry sah Pencer an.

"Smoke...

"Ach, komm schon.

Der Fotograf war der erste, der überholte.

„Es kann sein, dass derjenige, der ihn getötet hat, in der Nähe ist ... Und es können mehrere sein. Sie müssen vermeiden, zu schießen, wenn etwas passiert.

„Ja, wir werden es versuchen, aber wenn nötig, bin ich bereit, den Dschungel in eine brennende Hölle zu verwandeln, um lebend herauszukommen.

Pencer näherte sich Smorks Körper und hob sein Gesicht. Die kalten Augen des Toten starrten ihn leblos an. Es war ein makabrer Anblick, an den er sich in den langen Jahren, die er den Krieg an der Front durchlebt hatte, nicht gewöhnen konnte.

Dann, überzeugt, dass es nichts zu tun gab, packte er den Griff des Messers und zog sich mit aller Kraft zurück. Er wurde brutal genagelt und er brauchte mehrere Versuche. Als er die Leiche machte, bewegte er sich, und diese Geste brachte einen Schluck Blut auf die Lippen des Toten, der herunterfiel und Pencers Hand und Arm durchnässte.

Er zog noch einmal und der Tote war frei und fiel zu Boden.

„Du musst die anderen warnen. Wir können von Burmesen oder Japanern umgeben sein.

„Vielleicht war es nur eine zufällige Begegnung mit einem ängstlichen Deserteur oder einer kleinen Patrouille", antwortete Charles, nahm den Körper des Gefährten in seine Arme und legte ihn auf den Boden.

Barry sah ihn weiter an. Plötzlich hörte er hinter sich ein Geräusch und wirbelte blitzschnell herum.

Ein Vogel flatterte aus dem Unterholz.

„Verdammter Vogel...! Charlie, pass auf!

Der Hinweis kam rechtzeitig. Charles Pencer ließ mit einem wunderbaren Spiegelbild Smorks Körper fallen und kauerte sich zurück.

Im selben Moment reichte er über seine Schulter einen Arm, der ein Messer führte, genau wie das, das das Kommando getötet hatte.

Dieses Messer schnitt mit überraschender Geschwindigkeit durch die Luft. Charles fing seinen Arm in der Luft auf und zog mit aller Kraft nach vorne.

Vor ihm fiel die Leiche einer burmesischen Guerilla.

Er hatte keine Zeit zu reagieren. Ein gewaltiger Tritt in die Kehle ließ ihn Blut erbrechen. Und zusammen mit dem Blut entkam sein Leben.

"Danke ... Barry ... wenn du nicht bist ...

„Alle für einen und einer für alle, Junge. Und jetzt lassen Sie uns das Huhn untersuchen.

Barry ging auf den Toten zu. Er tätschelte ihre Kehle und stieß ein leises, bewunderndes Zischen aus.

„Du hast seinen Hals zerstört, Charlie ... Und was mir am besten gefällt, ist, dass sein Verhalten mich vermuten lässt, dass er allein war.

Vertrauen wir darauf, dass es so ist. Wir werden nach den anderen suchen und ein Loch graben, um alles zu begraben, Männer und Fallschirme.

„Ja, sieben Minuten sind vergangen und sie werden zurück sein.

Die beiden Männer trennten sich von den Leichen und machten den Weg, den sie für sie gemacht hatten. Als sie den Ausgangspunkt erreichten, trafen sie auf die anderen drei.

"Hast du es gefunden? Fragte der Ältere.

"Ja.

„Warum gesellst du dich nicht zu dir? Hast du dir beim Sturz das Bein gebrochen?

„Schlimmer. Smork wird uns nie wieder beitreten können. Ist gestorben.

„Was...? Wie war es?

„An einen Baumstamm genagelt, wo sich seine Seide verheddert hatte. Er wurde von einer burmesischen Guerilla getötet.

"Woher weißt du das?

„Weil er Minuten später versucht hat, sein Glück mit Pencer zu wiederholen, aber es ist schief gelaufen und er hat eine Liebkosung für seinen Hals gefunden, die ihn leblos gemacht hat ... Sie sind hier in der Nähe. Ich denke, das Beste ist, sie zusammen in einem großen Loch zu vergraben, um die Spuren zu löschen. Wir haben Zeit.

"Auf geht's. In einer halben Stunde müssen wir nach Mogaung fahren. Wir sind zwölf Meilen entfernt und müssen noch vor Tagesanbruch dort sein.

„Es ist Zeit.

Die fünf Männer machten sich auf den Weg zu dem Ort, an dem sich die Tragödie ereignet hatte.

Dort, auf mechanische und schnelle Weise, arbeiteten sie alle abwechselnd ein Grab mit genügend Platz für alles, indem sie die kleine Schaufel benutzten, die Grey auf seinem Rücken getragen hatte.

Als er fertig war, blieben die fünf vor der Stelle stehen, wo der tote Gefährte war

Major Tracy murmelte, ohne die Maschinenpistole loszulassen, ein paar Abschiedsworte und ein Begräbnisgebet.

„Herr", sagte er, „nimm ihn in deine Brust. Er war ein tapferer Mann. Du weißt es besser als wir, und er hätte sein Leben gegeben, wie er es getan hat, um uns vor Gefahren zu warnen Es gibt einen Platz für ihn im Reich der Gerechten an deiner Seite und tu, Herr, dass diejenigen von uns, die das Abenteuer mit ihm unternommen haben, lebend daraus hervorgehen, damit wir uns an ihn als den großen Gefährten erinnern können, der er war Amen.

Die Stimmen der anderen vier Kommandos kamen dunkel, tief und aufgeregt:

"Amen.

„Und nun weiter nach Mogaung. Wir müssen vor allem einen Plan erfüllen, und nichts und niemand kann uns aufhalten.

Major Tracy war die erste, die den Weg führte. Dahinter standen die anderen vier Männer, die zum Triumph bereit waren.

KAPITEL V

Major Tracy trug den Kompass in der Hand.

An seinem Gürtel hing eine Plastikmappe, in der er die Karte der Region aufbewahrte. Auf der Karte, in phosphoreszierender Farbe, war die markierte Route deutlich zu erkennen.

Zwei Meilen später erreichten sie das Ufer des Nikong. Es war ein breiter Fluss, wenig mächtig und mit einer ruhigen Strömung. Das Wasser floss ruhig durch sein Bett und es war leicht, hindurchzuwaten. Die einzige Gefahr, die darin bestand, war die Schärfe, mit der sich ihre Uniformen von der glatten Oberfläche des Flusses abheben würden.

Sie wussten, dass es sich um den am wenigsten erwarteten Ort im Dschungel handelte, wo ein Augenpaar ihnen folgen konnte. Und sie wussten, dass sich die Nachricht von ihrer Ankunft mit schrecklicher Geschwindigkeit verbreiten würde, wenn dies geschah.

„Wir müssen uns durchwaten und werden auf der anderen Seite weitermachen. Eine Meile weiter südlich ist der Mäander, von dem aus die Straße uns direkt nach Mogaung führt. Komm schon, Jungs.

Barry ging als erster ins Wasser. Dann folgte Leutnant Gregor und dann Charles Pencer.

Die drei Männer spürten die Liebkosung des Wassers auf ihrer Haut und wie die Kleider an ihrem Körper klebten und ihre Bewegungen fast behinderten.

Sie traten vorsichtig in den Bach und tasteten den Boden ab, bevor sie einen Schritt nach vorne machten. Barry, die Arme erhoben, damit seine Waffen nicht nass wurden, wenn er einen falschen Schritt machte, stach wie ein bärtiger Herkules hervor.

Dieser rötliche Bart war eine Brutstätte für Erinnerungen für Pencer. Der Slow of Washington erschien jedes Mal vor seinen Augen, wenn er Barry gegenüberstand.

Er fühlte das Wasser bis zu seinem Magen. Er hob die Arme mit der Maschinenpistole und der Kamera. Er machte noch immer ein paar

Schritte vorwärts und das Wasser stieg ihm bis zur Brust. Vor ihm war Barry versunken, halstief im Wasser und bewegte sich langsam.

Das Wasser strömte ohne Kraft und Gelassenheit an ihm vorbei. Es bestand jedoch die Möglichkeit, dass ein spätes Hochwasser den Pegel angehoben und Nikong in einen unüberbrückbaren Fluss ohne Lastkähne verwandelt hatte.

Endlich stand Barry wieder auf. Das Wasser lief ihm bis zur Brust. Er machte noch ein paar Schritte vorwärts und seine Bewegungen wurden agiler.

Augenblicke später trat er auf festen Boden. Bald taten Lieutenant Gregor und Pencer dasselbe.

Am anderen Ufer näherten sich Major Tracy und Richard Gray dem Wasser. Sie folgten dem gleichen Weg wie die anderen drei, wohl wissend, dass das Wasser sie nicht bedecken würde, und zwei Minuten später waren sie alle wieder beisammen.

Zwischen ihnen war kein Wort nötig. Der Major kehrte zurück, um den Weg wieder aufzunehmen, und der Rest der Kommandos folgte ihm.

Der Dschungel umgab sie wieder. Klebrige Feuchtigkeit hing in Ufernähe. Eine Zeitlang waren sie von regelrechten Mückenwolken umgeben, die ein ohrenbetäubendes und schwindelerregendes Summen erzeugten.

Dann ließen sie sie zurück und setzten ihren Marsch in Richtung Mogaung fort, dem Punkt, der als das Ende ihrer Route markiert war und wo das Schicksal sie zu einem Treffen mit General Takemo-Mako gerufen hatte.

Die Bäume erhoben sich fast heftig und drängten sich ihren Weg, als suchten sie den Himmel. Ihre dicken Stämme machten es schwierig, ihre Umgebung zu sehen. Die Lianen bildeten richtige Riegel, hinter denen die Bäume Gefangene zu bleiben schienen.

Manchmal waren unartikulierte Geräusche von Vögeln oder Tieren in der Hitze zu hören, Geräusche, die der Dschungel selbst verstärkte und vervielfachte wie ein Echo, das in der Ferne verloren ging.

Der Himmel war von Wolken bedeckt und nur sehr selten gelang es dem Mond, den dicken Schleier, der ihn bedeckte, zu zerreißen. Dann nahm alles eine gespenstische Anmutung an, grau und silbern, die einen die Vorstellung von Proportionen und Distanz verlieren ließ.

Die fünf Männer kannten den Dschungel, als wäre er ihre lebenslange Umgebung. Aber in diesem schrecklichen burmesischen Dschungel gab es etwas, das sie mit Unbehagen erfüllte: Unsicherheit schwebte.

Sie wussten, dass sie sich im Rücken der japanischen Armee befanden, und sie wussten nicht, dass die Japaner von ihrem brillanten Vormarsch begeistert waren und sie nicht als Kriegsgefangene respektieren würden, wenn sie ihnen in die Hände fielen.

Die Meilen vergingen langsam. Der Marsch war schwer und hart, und die Vorkehrungen, die sie trafen, um ihre Anwesenheit unbemerkt zu lassen, machten es noch schwieriger.

Um drei Uhr morgens waren es fünf Meilen, um Mogaung zu erreichen.

Major Tracy hob die Hand und befahl, anzuhalten.

„Zehn Minuten", murmelte er.

Zwischen ihnen waren keine Worte mehr nötig. Sie alle ließen sich zu Boden fallen, bereit, die Pause zu nutzen.

Charles Pencer lehnte sich an einen dickstämmigen Baum. Er fühlte sich nicht müde, aber er war sich bewusst, dass ihn eine vage Angst einhüllte. Eine seltsame, seltsame Angst, die er in den vielen Fällen, in denen er den Tod an seiner Seite gehabt hatte, nie verspürt hatte.

Er fand, es sei etwas ganz anderes, den Krieg als Fotograf zu erleben, als ihn als Kommando auf einer besonderen Mission zu erleben. Und das war es, was ihm Angst machte: Jetzt hatte er eine fünfte Verantwortung. Er wusste, dass es an ihnen lag, den Sieg im Fernen Osten zu entscheiden.

Wenn es ihnen gelang, den General zu fassen oder zu töten, würden die Japaner brutal zuschlagen und ihre Reihen würden wie die Fliesen in einem Dominospiel zusammenbrechen. Wenn sie es nicht täten, würde es bestenfalls viel kosten, sie zurückzudrängen. Und wenn es ihnen nicht gelang, Burma zu verlassen, bedeutete es, in Indien zu kämpfen, in der reichsten Kolonie des englischen Imperiums. Und das wäre ein blutiger Kampf ohne Viertel, an dem sich die Indianer selbst beteiligen würden, in dem Glauben, sich vom Kolonialismus zu befreien.

Er fuhr sich mit der Hand übers Gesicht und spürte, wie seine Stoppeln zu kratzen begannen. Mit dem Handrücken wischte er sich über die Lippen. Seine Kehle war ausgetrocknet. Er biss sich auf die Zunge und fast augenblicklich füllte reichlich Speichel seinen Mund.

Er spuckte.

In diesem Moment stand Major Tracy auf. Sie alle folgten diesem Beispiel und der Marsch ging weiter.

Eine halbe Stunde später überquerten sie die Straße von Vunan nach Rangun. Diese Straße war eines seiner Ziele. Dort drüben sollte in wenigen Stunden der Jeep von General Takemo-Mako passieren.

Major Tracy änderte ihren Kurs. Drei Meilen weiter nördlich lag Mogaung, eine kleine Enklave zu beiden Seiten der Straße, ein idealer Ort für einen Hinterhalt.

Der Marsch dauerte noch zwei Stunden. Die Vorsichtsmaßnahmen wurden verstärkt, als sie sich dem Rendezvous-Punkt näherten.

Um fünf Uhr morgens, als die Sonne am Horizont aufging und der gesamte Dschungel mit seinen halluzinatorischen Schreien zu erwachen schien, erschien Mogaung vor den fünf Kommandos.

Ein Haftbefehl war nicht erforderlich. Sie ließen sich zu Boden fallen und lagen reglos da.

Major Tracy richtete sein Fernglas auf die kleine Stadt. Einige Minuten lang beobachtete sie ihn. Dann gab er sie an Leutnant Gregor weiter. Als diese Amtszeit auf den Rest der Männer überging.

Sie alle beobachteten Mogaung langsam.

Charles Pencer konnte alles leicht erkennen. Das kleine Dorf war genau so, wie es ihnen anhand von Fotos in Yunan-Leda gezeigt worden war.

Er ließ das Fernglas von Haus zu Haus laufen. Es waren einstöckige Gebäude aus Holz, gebaut auf einem Sockel, ebenfalls aus Holz, der etwa fünfzig Zentimeter hoch war. Eine raue Treppe verband das Gebäude mit dem Boden.

Die Straße, breit und staubig, schnitt durch die Straßen.

In ihnen war kein Eingeborener zu sehen.

Über einem der Gebäude wehte die japanische Flagge. Allerdings waren keine Japaner in Sicht.

Pencer gab das Fernglas zurück. Die fünf Männer sahen sich an und schauten dann auf die Flagge.

„Sie sind da", murmelte Major Tracy.

„Aber wie viele?", fragte Richard Gray.

„Wer auch immer sie sind, nicht viele... aber wenn Takemo-Mako ankommt, wird keiner von ihnen mehr am Leben sein.

„Und was passiert, wenn die Eskorte des Generals feststellt, dass die Männer, die sie zu finden hofften, vermisst werden? fragte Pencer.

„Und wer hat dir gesagt, dass du sie nicht finden sollst? Zuerst müssen wir sie aus dem Weg räumen ... und dann ersetzen ", erwiderte Major Tracy, die seine Brille wieder auf Mogaung richtete. Plötzlich erschien ein Lächeln auf seinen Lippen. Eins ... ", murmelte er." sitzt am Fuße des Gebäudes, wo die Fahne weht ... Und noch einer lehnt am Ausgang der Stadt und zwei weitere am anderen Ende.

„Insgesamt vier Männer. Es ist kein Problem.

„Da wird mehr drin sein. Mindestens vier weitere.

„Gut, aber wir fangen mit denen draußen an. Sie müssen geräuschlos abgesetzt werden. Dann werden die anderen sehen, was passiert. Du und Barry, Charlie, hol den am Ausgang. In fünfzehn Minuten muss es erledigt sein. Und versuchen Sie, denjenigen anzulocken, der am Fuße des Gebäudes sitzt.

"Gefällig. Komm schon, Charlie.

Charles Pencer staunte über den rotbärtigen Mann. Er erhielt einen Befehl, der den Tod darstellen könnte, und seine einzige Bemerkung bestand darin, seine Zustimmung auszudrücken.

Die beiden machten sich auf den Weg zum Dorf.

Fünf Minuten später fiel Barry zu Boden.

„Aufspüren", murmelte er. Und dann lächelte er durch die Haare seines rötlichen Bartes und fügte hinzu: „Und jetzt bin ich dran. Sie haben bereits den anderen getötet, der Smork getötet hat.

Charles Pencer gab keinen Kommentar ab. Er verfolgte nur den Weg seines Partners.

Auf diese Weise kamen sie in die Nähe des Postens. Charles Pencer schob ein paar Seiten beiseite und konnte perfekt erkennen. Er war ein junger Mann, nicht ganz vierundzwanzig, groß und dünn. Zu groß für einen Japaner, dachte er.

Barry zwinkerte ihm grinsend zu und zeigte auf die Kamera. Charlie gehorchte. Er fokussierte seine Kamera und machte zwei Bilder. Das Geräusch des Abzugs wurde mit einem der vielen Geräusche ohne besondere Bedeutung verwechselt, die den Dschungel bevölkerten. Charles bedeutete Barry kopfschüttelnd, mit seiner Arbeit zu beginnen.

Das bärtige Kommando wartete nicht zweimal auf das Zeichen. Wie ein Reptil rutschte es von den Japanern bis auf etwa zwei Meter herunter.

Dann ging er mit ärgerlicher Langsamkeit in die Hocke, sein ganzer Körper spannte sich an, bereit für den Sprung.

Charlie hat ein weiteres Foto geschossen. Damals war das Geräusch deutlich zu hören.

Der Japaner stand auf und versuchte sich umzudrehen, konnte aber keine Gesten mehr machen. Barrys herkulischer Körper fiel wie ein Plongeon auf ihn und die beiden rollten sich zu Boden.

Der große und dünne Japaner konnte wenig gegen den Mann ausrichten, der sein Gewicht verdoppelte und der Arme und Hände aus Stahl zu haben schien.

Barrys Finger umschlossen die Kehle des Soldaten und drückten mit aller Kraft.

Charlie war aufgestanden und fotografierte diesen Kampf, bei dem der Tod das letzte Wort hatte. Barry saß rittlings auf seinem Feind und seine Finger schienen in die Kehle des Japaners zu sinken.

Als er endlich aufstand, war dem japanischen Körper das Leben entflohen.

Er packte den Toten am Fuß und zerrte ihn dorthin, wo Charlie stand.

"Für die anderen.

„Jetzt liegt es an mir.

„Nein, für mich. Du musst fotografieren. Morgen werde ich stolz sein, wenn ich meinen Enkeln zeige, wie ihr Großvater Japaner tötet, als wären sie Hühner.

Charlie antwortete nicht. Er merkte, dass der Mann mit dem rötlichen Bart ein Vergnügen verspürte, das aus einer seltsamen Mischung aus Hass gegen die Japaner und Genugtuung über die Entfernung eines Menschen aus der Welt der Lebenden resultierte.

Barry nahm die Mütze des Japaners und stellte sich in die Ecke der Hütte. Er stieß einen kleinen Schrei aus und zog die Mütze ganz nah heran. Dann hob er es mit einer schnellen Geste wieder auf.

Er entfernte sich sofort von diesem Ort und versteckte sich in der anderen Ecke, der hinteren.

Einige Sekunden lang standen die beiden Männer schweigend da, hielten den Atem an und warteten auf die Reaktion des anderen Soldaten.

Endlich hörten sie Schritte.

„Talo…! Talo-tukimi…", hörten sie.

Das Geräusch von Schritten war näher zu hören. Charlie sah aus seinem Versteck den Japaner, der sein Gesicht vorstreckte und aufmerksam zusah.

Habe niemanden gesehen.

„Tukimi…! Talo-Tukimi…! Er bestand darauf.

Er machte noch ein paar Schritte. Er näherte sich unwissentlich Barry, der still stand und auf den Moment wartete, einzugreifen.

Und der Moment ließ nicht lange auf sich warten.

Der Japaner spürte, wie eine Hand sein Gewehr packte und nach vorne zog, und bevor er Zeit hatte zu schreien, umschlossen Barrys Arme seine Kehle und zogen sich zurück, als sein Knie auf dem Rücken des Japaners ruhte. und nach vorne geschoben.

Dieser Mann versuchte, seine Arme zu bewegen, sich aus der Todesfalle zu befreien, die ihm gestellt worden war, aber es gelang ihm nicht.

Barry drückte noch ein wenig und plötzlich knackte es. Der Japaner öffnete den Mund weit, aber kein Laut kam über seine Lippen. Dann senkte er den Kopf, sein Kinn ruhte auf dem Unterarm des Kommandos.

Als Barry seine Arme ausbreitete, fiel der Körper leblos wie ein Ringer, dem plötzlich die Fäden abgeschnitten worden waren, die ihn aufrecht hielten. Seine Wirbelsäule war gespalten und seine Silhouette war grotesk und außergewöhnlich.

„Hast du fotografiert?", murmelte Barry.

"Ja.

Die beiden Männer gingen zurück in den Dschungel und machten einen Umweg. Als die Aktion fünfzehn Minuten lang begonnen hatte, erreichten sie das andere Ende der Stadt. Dort warteten zwischen dem Laub die anderen drei Männer auf sie.

„Alles gut, Major. Sie sind beide in der anderen Welt.

„Unsere gleich. Haben Sie besondere Bewegungen beobachtet?

„Nein, keine Menschenseele. Wenn es mehr Männer gibt, müssen sie in dem Gebäude sein, in dem die Flagge weht.

„Ja, das nehme ich an. Wir haben auch keine anderen Japaner gesehen. Und was ist mit einem Burmesen?

„Entweder. Alles ist verlassen, als ob die Bevölkerung in den Dschungel geflohen wäre.

„Das begünstigt unsere Pläne. Was jetzt zu tun ist, ist, die im Gebäude verbliebenen zu reinigen. Warte hier auf mich ... wenn ich zurückkomme.

Major Tracy wollte vortreten, aber Leutnant Gregor hielt ihn zurück.

"Was bedeutet das...? Was willst du allein dieses Nest säubern, ohne zu wissen, was du darin finden kannst?

„Ja, ich gehe alleine. Ich kann einem anderen den Befehl nicht erteilen, weil er ihn in den sicheren Tod schicken soll. Vor ihnen gibt es nur eine Lösung: dort aufzutauchen und alles abzuschießen, was sich bewegt. Es besteht die Gefahr, dass Schüsse aus der Ferne zu hören sind, aber Sie müssen alles riskieren. Wir haben nicht viel Zeit.

„Klingt für mich nach einem guten Plan, Major, aber da liegen Sie falsch.

"In was?

„In dem Sie den Auftrag erteilen und wir ihn ausführen können. Was es nicht kann, ist, dem sicheren Tod entgegenzugehen und uns ohne Befehl zurückzulassen.

„Ja, für den Fall, dass er stirbt, aber nicht, wenn er Selbstmord begeht. Und was Sie tun werden, ist Selbstmord zu begehen.

„Ich werde meine Pflicht tun!

„Sie gehen nicht, Major! Ihre Website ist hier, um später zu handeln!

Leutnant Gregors Stimme hatte sich verhärtet. Seine Maschinenpistole zielte nachlässig auf das Herz des Majors. Er sah den Leutnant an und dann die Maschinenpistole. Dann fragte er:

„Ist es ein Befehl, Lieutenant?

»Ein Hinweis, Senior, ich würde mich freuen, wenn Sie es hören. Wir werden selbst dorthin gehen. Oder nur einer von uns, um zu verhindern, dass zwei bei dem Putsch sterben ... und wer geht, wenn er nicht zurückkehrt, wird mit der Gewissheit sterben, dass der Hinterhalt dank ihm erfolgreich sein wird.

„Ich kann keinen Befehl erteilen, der den sicheren Tod eines meiner Männer darstellt!

„Du nicht, aber wir können entscheiden, wer geht! "Und dann wandte er sich an Richard Gray und fragte:" Haben Sie eine Münze?

"Nicht.

"Ich habe es", murmelte Pencer, "oder zumindest etwas, das es ersetzen kann: den Teil des Verschlusses der Maschine", während er sprach, hatte er diesen Teil seiner Kamera entfernt. Es war rechteckig und an einer seiner Seiten war das Markenzeichen „Ist es gut? fragte er und zeigte es ihr.

"Ja.

„Fang jetzt an", murmelte Barry heiser.

„Cruz ist die Seite der Marke. Konforme?

Keiner hat geantwortet. Leutnant Gregor warf das Stück in die Luft.

„Teuer! schrie Barry.

Die kleine rechteckige Platte fiel zu Boden. Es zeigte seine markenlose Seite.

Niemand hat einen Kommentar abgegeben. Nicht einmal ein Schnauben entkam dem bärtigen Mann.

Der Leutnant wiederholte die Operation noch einmal.

„Teuer! Grey schrie.

Das Stück blieb in einem Kreuz. Ein Mann war bereits vom Schicksal gezeichnet. Major Tracy beobachtete die Szene mit den Augen, die von einem weichen Film des Weinens bedeckt waren. Er war stolz wie nie zuvor auf diese Handvoll Helden, die die Ehre riskierten, zu sterben, damit der Hinterhalt triumphieren würde.

Gregor warf das Stück zurück in die Luft.

„Kreuz!" schrie Pencer, bevor der Leutnant selbst etwas sagen konnte.

Das Rechteck war im Gesicht. Pencer konnte nicht verhindern, dass ein Schauder durch seinen Körper lief, wie er zufällig darauf hingewiesen wurde.

Der Leutnant wiederholte die Operation noch einmal.

„Teuer! Er schrie, ohne sich beherrschen zu können.

Und diesmal war es wieder teuer.

Er schnappte sich das Stück und gab es * Pencer zurück.

"Jetzt werden wir beide es tun", sagte er.

„Warum?" antwortete Richard Gray. Meine Seite kann von jemand anderem besetzt sein, Ihre nicht. Glauben Sie, jemand würde wissen, wie man die Kamera zum Laufen bringt, wenn Sie es verpassen? Und erinnern Sie sich, was Colonel Briner in Yunan-Leda tausendmal wiederholt hat: Sie haben eine bestimmte Mission, bei der Sie keiner von uns ersetzen kann ... Also, mein Freund, ich glaube, ich muss mit niemandem meinen Platz riskieren.

„Aber ich habe genauso viel Recht wie du!

„Nein", murmelte Barry.

"Nein", sagte Leutnant Gregor.

"Nein", fügte Major Tracy hinzu.

Pencer erkannte, dass diese Männer ihn sein Glück nicht mit Grey begleichen lassen würden.

Er senkte den Kopf und biss sich wütend auf die Lippe.

„Viel Glück, Grey", murmelte er schließlich.

Der Commando streckte freundlich die Hand aus.

"Danke ... und sei nicht böse. Eines Tages wirst du mir danken für das, was wir heute für dich getan haben.

"Ja immer.

Dann schüttelte er den anderen die Hand. Alle schüttelten es stumm. Dann stand er auf und ging auf die Straße zu.

Er marschierte unbesorgt durch die Mitte des staubigen Gürtels, das Maschinengewehr in der Hand, das Feuer bereithaltend. Er wusste, dass ihn in Mogaung der Tod erwartete und er war nicht bereit, die letzte Reise allein zu machen.

Das Morgenlicht fiel auf ihn und warf einen schwachen, weichen Schatten.

Er kam dem Gebäude, in dem die japanische Flagge wehte, sehr nahe. Er blieb einige Zehntelsekunden stehen und ging dann stetig auf die Kaserne zu.

Er sprang die Treppe hoch, trat die Tür auf und knallte hinein.

In diesem Moment verschwand er aus dem Blickfeld seiner Gefährten. Und fast im selben Moment war das Knacken seiner Maschinenpistole zu hören und dann die Nachbildung einer anderen Waffe.

Für ein paar Sekunden schien der Dschungel zu explodieren. Die Tiere, von dem Lärm erschreckt, flohen und erfüllten die Umgebung mit ihren Schreckensschreien.

Die vier Kommandosoldaten standen still, stumm, ihre Augen auf das Gebäude gerichtet, das in Feuer gehüllt schien.

Die Schießerei hörte auf. Sekunden vergingen.

Da sahen sie einen Mann an der Tür erscheinen. Es war ein japanischer Soldat, der langsam die Stufen hinabstieg. Seine linke Hand war auf der Seite geballt und hinterließ eine Blutspur.

Er hatte noch keine Zeit gehabt, die Mitte der Straße zu erreichen, als Richard Gray in der Tür auftauchte. Er war blutüberströmt und verwundet, aber eine fast übernatürliche Anstrengung hielt ihn auf den Beinen, lehnte sich gegen das Holz und schwang die Maschinenpistole.

Er machte noch einmal Feuer. Schüsse donnerten durch die Luft und die Japaner schienen den Totentanz zu tanzen. Ein paar Sekunden lang schlug er um sich, kämpfte gegen den Sensenmann, aber schließlich fiel er leblos zu Boden.

Grey versuchte, ein paar Schritte auf ihn zuzugehen, um hinter ihm vor dem Schauplatz des Todes zu fliehen, schaffte es aber nicht bis zu den Stufen.

Er krümmte sich und fiel zu Boden. Die Maschinenpistole rutschte ihm aus den Händen.

Als die anderen vier Kommandos an seiner Seite eintrafen, hatte der Tod bereits den Körper dieses Helden heimgesucht.

Pencer betrat das Gebäude, nachdem er ihn fotografiert hatte. Ein Schauspiel von Tod und Verwüstung erschien vor seinen Augen. Es waren sieben verdrehte Körper.

Einige von ihnen waren beim Schlafen im Bett erwischt worden und drei andere beim Kartenspiel.

Die Karten lagen blutgetränkt auf dem Boden. Eine Flasche war zerbrochen, als sie von einem der Toten heruntergezogen wurde.

Er kam wieder heraus.

Major Tracy, Leutnant Gregory Barry, der Mann mit dem rötlichen Bart, umringte den toten Kameraden.

Da sah Pencer einen Mann auf der anderen Straßenseite.

Er stand vor der Tür eines kleinen Gebäudes.

KAPITEL VI

Der Mann stand an der Tür, dagegen gelehnt, eine Hand in der Tasche, die andere an seinem Gürtel hängend.

Er trug ein Hemd, das zu seiner Zeit weiß gewesen war, irgendwie angezogen, die Röcke über der Hose.

„Schau...", murmelte Pencer.

Die Männer um Greys Körper sahen auf und folgten den Blickrichtungen des Fotografen.

Langsam standen die drei auf. Es schien, als ob sie einige Sekunden lang zweifelten, ob sie das Feuer eröffnen sollten oder nicht. Endlich trat Major Tracy ein paar Schritte vor.

„Wer bist du? fragte der Fremde.

„Und wer bist du? Ich habe das gleiche Recht auf die Frage ... oder mehr. Ich bin in meinem Haus und du nicht.

„In seinem Haus...? Wohnst du hier?

„Ja, in Mogaung, weit weg von den Männern ihrer Zivilisation. Ich habe unter dir gelebt, aber du hast mich angewidert und ich bin gegangen. Seine Heuchelei, sein Mangel an Mut, seine Lüge beunruhigten mich ...; Zu viele Dinge störten mich, als dass ich bei dir bleiben wollte. Das ist mein Zuhause; Zuerst gab er ihm einen Namen: "Saloon Mogaung", aber dann merkte ich, dass der Name etwas Zivilisationstypisches, die Lüge, in sich trug, und ich entfernte ihn. Jetzt hatte es keinen Namen, aber die Eingeborenen im Umkreis von hundert Meilen wussten, dass McKinleys Haus den besten "Whisky" der Region trank, der direkt aus Hongkong importiert wurde.

„Er ist allein...? Ist niemand mehr in Mogaung?

„Alle sind vor dem Vormarsch der Japaner geflohen. Sie sind im Dschungel, sie sind überall ... Ich wusste von Ihnen, dass sie angekommen sind, dass sie mit einem schwarzen Seidenfallschirm vom Himmel heruntergekommen sind und dass einer von einer burmesischen Guerilla den Tod gefunden hat ... Ja, kein Wunder. Wir haben keine Telegrafen oder Telefone, aber die Nachrichten fliegen mit höllischer Geschwindigkeit durch die Luft. Seit der Landung wurde ihre Route Schritt für Schritt verfolgt. Ich muss nur wissen, wer du bist.

„Wissen die Japaner, dass wir hier sind?

„Ich glaube es nicht. Die Burmesen hassen sie, weil sie ohne Respekt auf die Halbinsel eingedrungen sind und alle töten, die sich ihrer Durchreise widersetzten ... Seid ihr Kommandos?

"Ja.

"Britisch?

"Ja, und Sie?

"Amerikanisch.

„Er spricht mit einem leichten schottischen Akzent.

Nun, ich bin Amerikaner. Wozu sind sie gekommen? Versuchen Sie allein, Burma zu befreien?

„Wir sind nicht verrückt, McKinley. Wir begnügen uns damit, ein Souvenir aus Indien mitzunehmen. Und von dort nach England: General Takemo-Mako.

„Was...?! LOL! Und du sagst, sie sind nicht verrückt? LOL!

Lieutenant Gregor, Barry und Pencer hatten sich dem Mann genähert, der lauthals lachte. Als McKinley mit dem Lachen fertig war und Tränen über seine Augen liefen, begegnete er den Blicken der vier Kommandosoldaten.

Einer nach dem anderen sah er in ihre Gesichter.

Und als seine Augen die von Charles Pencer trafen, schien sich seine Gesichtsfarbe zu ändern. Einige Sekunden lang sahen sie sich an.

„Was?", fragte Pencer lakonisch.

McKinley schüttelte verneinend den Kopf.

„Nichts", antwortete er schließlich. Und dann wandte er sich dem Älteren zu und fügte hinzu: "Ich nehme an, Nogaung war der Ort, der gewählt wurde, um Takemo-Mako zu überfallen, richtig?"

"Ja. Es ist dasjenige, das die besten Bedingungen erfüllt.

"Ja, richtig ... ich denke, sie wissen, dass er gegen zehn Uhr morgens vorbeikommen wird, oder?"

"Ja ... Wie sind Sie so kenntnisreich?

„Freund, ich habe dir schon gesagt, dass im Dschungel die Nachrichten fliegen, wie ein Mann, der in der Stadt lebt, nie denken kann. Egal wie schnell Takemo-Mako reist, er wird nie in der Lage sein, das Gerücht zu antizipieren, dass seine Abreise aufgekommen ist, insbesondere im Jeep.

„Kennen Sie die Eskorte, die er trägt?

„Ja. Sechs mit Maschinenpistolen bewaffnete Autofahrer. Ich nehme an, Sie wollen sich vor Ihren Truppen nicht zum Narren halten, indem Sie umgeben von Ihrer persönlichen Eskorte auftauchen.

„Verstehen Sie einen der burmesischen Dialekte? fragte Barry.

„Nicht. Alle drei klingen für mich wie Hundegebell.

„Woher weißt du also die Nachrichten, die durch den burmesischen Dschungel fliegen ...? Sprechen Indigene Englisch?

"Nein, Freund, und seien Sie nicht so misstrauisch ... Ich spreche kein Burmesisch und muss es auch nicht; hier bin ich, um Alkohol in seinen Derivaten zu verkaufen. Um mit ihnen zu reden, zu kämpfen und zu schreien, da ist Kala.

McKinley drehte sich im Gebäude um.

"Kala...! Komm heraus, keine Angst.

Sekunden später tauchte ein Mädchen von etwa zwanzig Jahren, nicht sehr groß und wohlproportioniert, vor den Kommandos auf. Seine Augen funkelten schwarz und standen wie Juwelen auf seinem kupferfarbenen Gesicht.

McKinley legte seinen Arm um ihre Schultern und zog sie an sich. Lächelnd sagte er:

„Ich habe ihr beigebracht, Englisch zu sprechen. Er ist schlau und hat es in kürzester Zeit gelernt, oder, Kala?

"Ja.

McKinley fuhr sich mit der freien Hand übers Gesicht und wischte sie dann an seinem Hemd ab.

„Takemo-Makos Männer sind noch ungefähr drei Stunden entfernt. Warum nicht die Zeit nutzen? Du könntest zum Beispiel deinen Partner begraben und die Mitte der Straße von Blut säubern ... Für mich kannst du machen, was du willst, ich denke nicht, dass ich mir die Mühe machen würde zu fliehen, wenn die Japaner ankommen, aber wenn du noch Interesse daran hast deine Mission zu erfüllen. ..

„Wir haben schon überlegt, es zu tun.

„Na dann komm her und trink was du willst. Ich stehe Ihnen zur Verfügung.

McKinley streichelte Kalas Gesicht. Pencer merkte, dass das Mädchen dabei alle seine Nerven zuckte, als würde ein Blitz durch ihr Fleisch rasten.

Dieser Mann hat das Mädchen in das Gebäude gestoßen. Als er am Pencer vorbeikam, trafen sich ihre Blicke.

Sie hatten etwas an sich, das ihn an die Vergangenheit erinnerte. Aber es war eine vage, unbestimmte Erinnerung, die er nicht genau festhalten konnte.

Major Tracy riss ihn aus seinen Erinnerungen.

„Wir haben drei Stunden, Jungs, und wir müssen Gray begraben. Für den Rest von uns reicht es, sie in den Dschungel zu werfen.

Und er ging mit gutem Beispiel voran und ging zur Leiche des toten Kameraden.

Eine halbe Stunde später kehrten die vier zu McKinley's Tavern zurück.

Der, der sich Amerikaner genannt hatte, saß auf einem Stuhl, der an die Wand gelehnt war. Als er sie eintreten sah, setzte er sich auf.

""Whisky", Major?

„Wir brauchen fünf oder sechs Männer.

„„Whiskey", Major?" „McKinley bestand darauf." Machen Sie sich keine Sorgen um die Männer, Kala ist auf die Suche nach ihnen gegangen.

"Was bedeutet das?

„Dass ich ihre Bedürfnisse erraten und vorausgesehen habe. Kala hat sich auf die Suche nach einer Gruppe von sieben Männern gemacht, um die Japaner zu ersetzen. Ist das nicht das, was Sie wollen?

"Ja ... Und wer kann garantieren, dass das, was Sie suchen, burmesische Rebellen und keine Japaner sind?

„Ich mit meinem Leben, Senior. Kommt Ihnen das wenig vor?

Die beiden Männer starrten ihn an: Wieder sah Pencer ein stählernes Glitzern in McKinleys Augen, das ihn an etwas aus einer anderen Zeit erinnerte. Er konnte jedoch nicht sagen, was. Es war etwas ganz anderes als das, was vor ihm war.

„„Whiskey", doppelt", murmelte der Ältere. " Für alle.

„Ich übernehme keine Garantie für die Qualität. Für die Burmesen ausgezeichnet; für Sie, in der Lage, Sie zum Erbrechen zu bringen.

„Und für dich, McKinley?

"Ich bin daran gewöhnt. Ich werde auch trinken, keine Sorge, wenn Sie das meinen.

Er nahm ein Glas und füllte es mit Schnaps aus derselben Flasche. Dann leerte er, ohne darauf zu warten, dass die anderen tranken, sein Glas auf einen Schlag.

„Trink ohne Angst; Es mag schlimm sein, aber es ist nicht vergiftet ... Ha ha ha!

Barry war der Erste, der das Glas an die Lippen brachte. Er nahm einen Schluck und spuckte ihn fast sofort wieder aus.

„Wow! Groß...! Und platzen sie nicht, wenn sie diesen Mist trinken?

"Wenn überhaupt Freude", wiederholte McKinley.

Die Atmosphäre war schwer. Die Sonne begann sich aufzuheizen und die Erde schien zu brennen.

Die Zeit verging langsam. Die vier Männer hatten sich neben die alten und verstreuten Stühle gesetzt, die in dieser primitiven Taverne standen.

„Wird es lange dauern, bis Kala zurückkehrt? Fragte Leutnant Gregor.

„Ich glaube es nicht. Vor neun wird er hier sein.

Alle sahen auf die Uhr. Zwanzig Minuten bis zur verabredeten Zeit.

Major Tracy füllte das Whiskyglas nach.

„Gefällt es Ihnen, Major? fragte McKinley.

„Nein, aber ich kann nichts anderes tun.

„Nun, das gleiche passiert mir ...! Wissen Sie, was Ihre Anwesenheit hier bedeutet? Nun, ich muss das Feld räumen, ich muss raus! Du kannst dein Ziel erreichen, du kannst Takemo-Mako tot oder lebendig nehmen, aber ob du Erfolg hast oder nicht, ich kann keinen Moment länger hier bleiben, ich muss gehen, wenn ich meine Haut retten will. Ich bin kein Einheimischer, ich kann nicht mit dem Rest der Bevölkerung verwechselt werden: Ich bin weiß! Verstehst du mich? und ein weißer mann ist leicht zu erkennen, wenn er von einem kupferfarbenen land umgeben ist ... ich mag seine Anwesenheit hier auch nicht und kann es ertragen!

„Du kannst mit uns weglaufen. Alles ist bereit, mit der maximalen Chance auf Erfolg zu gehen.

„Ich habe keine andere Lösung, als das Angebot anzunehmen.

"Kala kann auch kommen", fügte Pencer hinzu.

„Also das? Sie ist von hier, sie ist Burmesin, und ihr Leben wird nicht in Gefahr sein, wenn sie bleibt.

„Ich dachte..." Pencer war sprachlos, als er das Mädchen sah, das hinter McKinleys Rücken im Türrahmen auftauchte.

„Was hast du gedacht, huh...? Was hat sie geliebt? LOL! ! Ihr englischen Kommandos seid die unschuldigsten Männer, die ich seit

Jahren kenne ein mechanisches Uhrwerk, hatten ihre Waffen aufgenommen.

Er drehte sich überrascht um. Und als er Kala und die Männer, die sie begleiteten, erkannte, lächelte er ruhig.

„Hallo", murmelte er. Haben Sie ihnen erklärt, was sie tun sollen?

"Ja.

„Sind sie konform?

„Ja. Aber sie wollen jeweils zwei Flaschen, wenn es klappt.

„Sag ihnen, sie werden sie alle haben. Mogaung wird zur Hölle und ich bin nicht bereit, ihn zu treffen.

Kala drehte sich um; sprach lebhaft mit ihnen. Ein zufriedenes Lächeln lag auf den Gesichtern der kupferfarbenen Burmesen, als sie wussten, dass sie das Grundstück des gesamten Geländes betreten würden.

Major Tracy stand auf und ging zu ihnen.

Kala stellte ihn der Gruppe vor. Es waren sieben Männer, alles, was er hatte bekommen können, gehörten zu einer Rebellengruppe, die allein gegen die Japaner kämpfte, in einer Reihe von Aktionen, halb Plünderung und halb Patriotismus.

Der Älteste sprach mit ihnen und erklärte ihnen, was von ihnen verlangt wurde. Kala übersetzte schnell alles.

Sie wurden gebeten, die japanische Uniform zu tragen und einen Zustand völliger Normalität zu simulieren, als Takemo-Mako und seine Eskorte eintrafen. Den Rest würden die Kommandos erledigen. Und wenn der erste Schuß fiel, griffen sie alle ein, indem sie schossen: das Motto lautete, Takemo-Mako nicht zu schaden. Ich war daran interessiert, ihn lebend zu fangen.

Alle hörten Kalas Worte aufmerksam zu. Dann nickten sie.

Sie verließen McKinley's Tavern und gingen auf das Gebäude zu, in dem die japanische Flagge wehte. Im Inneren befanden sich die Toten in der gleichen Haltung. Das Blut war ausgetrocknet und statt rot hatte es eine bräunlich-braune Farbe.

Fünf der Uniformen waren sauber und frei von Schusswunden. Ihre Besitzer waren im Bett oder im Ausruhen gestorben. Dann wählten sie die beiden am wenigsten fleckigen und wenige Minuten später waren die sieben Männer als Soldaten der japanischen Armee verkleidet.

Es war halb neun, als die Operation beendet wurde.

Die Männer wurden an den Wachposten platziert und der Rest saß am Fuße des Gebäudes, das die japanische Flagge hielt.

Die Kommandos, gefolgt von McKinley und Kala, machten sich auf den Weg zur Taverne.

Dort trank dieser Mann wieder zwei Gläser "Whisky".

Major Tracy, die McKinleys Anwesenheit ignorierte, gab die letzten Befehle.

„Sie können von hier vorne nicht passieren. Beim ersten Stoß müssen die Biker auf einmal stürzen. Der Jeep wird weder überholen noch rückwärts fahren können, weil der zweite Stoß für seine Reifen ist. Wenn er ihn töten muss, werden wir ihn töten, aber wir müssen dafür sorgen, dass wir ihn lebend fangen. Gibt es Zweifel?

Keiner hat geantwortet.

Barry sah nur auf seine Uhr und fuhr sich mit der Hand durch seinen rötlichen Bart.

Charles Pencer reinigte sorgfältig seine Kameralinse. Seine Mission war zu fotografieren und nichts anderes als zu fotografieren.

Leutnant Gregor, der an einem der Fenster kniete, starrte auf die staubige Straße.

Major Tracy stand an einem anderen Fenster. Er sah fast gleichgültig aus, aber die Wahrheit war, dass er sich zurückhielt, um zu verhindern, dass deine Nerven dich beherrschen. Er wusste, dass sie ruhig handeln mussten und dass ein Versagen den Tod bedeutete.

Die Zeit verging mit erdrückender Langsamkeit. Die Atmosphäre war still, wie tot. Nur die falschen Japaner, die mit der Maschinenpistole über den Brüsten Wache hielten.

Alle Körper standen unter außergewöhnlichem Stress.

Schweiß sickerte durch die Uniformen und perlte auf die Stirn.

Charles sah sich um. Eine kleine, klebrige Fliege tanzte neben seinem Kopf. Er schlug sie weg.

Er sah den Älteren an. Dann der Leutnant. Dann zu Barry, der fast an ihrer Seite war.

Barry bemerkte, dass sie ihn beobachtete, und lächelte ihn an. Sein ganzes Gesicht öffnete sich, um die zwei Reihen gelber Zähne zu enthüllen, die zwischen seinem rötlichen Bart erschienen.

Plötzlich tauchte vor ihm wieder der Gedanke an den Bart eines Mannes auf, den er mit aller Kraft hasste.

Er drehte langsam den Kopf und sah McKinley an. Er starrte in die kleinen, stählernen Augen des Mannes, den sie mitten im burmesischen Dschungel gefunden hatten, des Mannes, der sagte, er hasse die Weißen und ihre Zivilisation.

McKinley schlug in die Luft.

„Verdammte Fliege!“, murmelte er.

Und gleichzeitig kratzten seine Finger ihre Wange. Es war eine charakteristische Geste, fast wie ein nervöser Tick, die ich bei keinem anderen gesehen hatte als bei diesem hasserfüllten Gerard Oaking.

Der Mann, der Liz und Philiphe getötet hatte, kratzte sich immer mit seinen vier Fingern an den Wangen, als wären sie eine Harke.

Es war, als würde man ihn wiedersehen. Pencer kniff die Augen zu, und das Bild von Gerard Oarking erschien vor seinem Gehirn mit einem rötlichen Bart, einem Bart wie Barrys und mit kleinen, stählernen Augen, Augen wie McKinleys.

Es war ihm plötzlich klar. Die Wahrheit erschien vor seinen Augen.

Er taumelte wie ein Betrunkener auf die Beine und stand McKinley gegenüber.

Seine Lippen öffneten sich und mit einem Akzent unglaublichen Hasses spuckte er immer und immer wieder aus.

„Gerard Oarking ... Attentäter!

KAPITEL VII

Alle verdrehten überrascht die Gesichter.

McKinley stand langsam auf. Seine Hand hielt eine Flasche.

„Ich bin kein Mörder, Charles Pencer... Ich habe Sie sofort erkannt. Als ich dich heute morgen sah, wurde mir klar, dass die Jahre nicht vergangen sind, dass alles so weitergegangen ist wie zuvor.

"Ja, sie sind immer noch tot ... Liz ist immer noch tot, von dir ermordet, verdammt ... Alles ist gleich außer dir. Deine Augen wollten dich verraten, aber dein Gesicht ohne Bart, ohne den verdammten Bart, den du hast freuten sich, so herumzustöbern, wie Sie es vor ein paar Augenblicken getan haben, ich habe den Verstand verloren ... Verdammter Mörder!

Charles Pencer ging auf ihn zu. Kalas beeindruckende Augen weiteten sich und die anderen drei Männer verließen ihre Posten.

„Pencer, wenn du noch einen Schritt machst, breche ich dir mit dieser Flasche den Kopf...! Sei still und ich erkläre, was passiert ist!

„Ich habe geschworen, sie zu rächen, verstehst du...? Und ich werde nicht ruhen, bis ich dich getötet habe.

„Hör auf mit dem Unsinn...! Und hör auf, Charles, oder ich schwöre, ich zerstöre dir den Kopf... Ich erkläre dir, was passiert ist, du wirst die Doppelrolle der beiden erkennen... Sie waren nicht das, was sie schienen , sie waren nicht zwei Maler ...

„Was meinst du?", fragte Charles Pencer leise.

„Dass sie ein paar Spione im Dienste Deutschlands waren.

„Was...? Stimmt nicht, du verdammter Lügner!

„Ja, es ist... warte, Charles! Warte ein bisschen, wenn du nicht willst, dass ich dir den Verstand breche. Ich möchte, dass Sie die Wahrheit erfahren, was passiert ist, ich möchte, dass Sie die Wahrheit erfahren, bevor Sie einen weiteren Schritt machen. Nur so kannst du dich retten, denn wenn du weißt was wirklich passiert ist, wirst du nicht weiter überholen... Zwei Minuten reichen mir.

"Sie haben sie, McKinley, aber wenn Sie versuchen, etwas zu tun, versichere ich Ihnen, dass ich Ihren Körper mit Blei füllen werde", mischte sich Major Tracy ein. Und er wandte sich an Charles und fügte hinzu: "Lass ihn sagen, was er will." Es ist Zeit, ihn zu töten.

„So mag ich es, Major, dass er seinen Freunden gegenüber aufmerksam ist... Sehen Sie, Charles, die Wahrheit ist ganz anders, als Sie denken. Lizzie hatte eine doppelte Persönlichkeit: Sie gehörte dem deutschen Spionagedienst an und bedeckte ihre Aktivitäten mit Farbe. Glaubst du, all die Reisen, die ich um die Welt gemacht habe, waren notwendig? Während sich die Deutschen auf den Krieg vorbereiteten, verdeckten viele Künstler durch ihre Aktivitäten das Erscheinungsbild ihrer Bewegungen und dienten als Bindeglied zu Hitlers Agenten ... Sie war eine von ihnen. Und in Paris traf er Philiphe, einen anderen, der sich dem gleichen widmete ... Charles, sei aufmerksam, sieh dir alles an ... Alle Details beschuldigen sie, markieren sie als Spione. Als der Krieg ausbrach, waren die beiden gerade in der amerikanischen Hauptstadt ... Sie wussten, dass Deutschland auf Polen starten würde, und sie wussten, was das bedeutete.

"Kann nicht sein...! Liz konnte nicht...

„Es war...! Du willst es nicht zugeben, weil du sie geliebt hast... Glaubst du, ich habe es nicht gemerkt? Philiphe hat es auch bemerkt, aber sie hat mit dir gespielt, als ob du eine Puppe wärst... Sie müssen erkennen,

Charles, du kannst deine Augen nicht vor der Realität verschließen

...

"Aber du hast sie getötet, du hast sie getötet ...!

"Ja, ich habe sie getötet, aber weil ich musste, weil ich meine Pflicht erfüllen musste ... Nordamerika war meine zweite Heimat ... Ja, Sie hatten Recht, Major, als Sie sagten, dass ich einen leichten schottischen Akzent hätte". Ich komme aus Schottland, aber die Vereinigten Staaten sind so stark in meinem Herzen, dass ich die Wahrheit verstand, als ich diesen Mann sah, und wie ein Verrückter auf sie gesprungen bin.

"Was für ein Mann?

„Ich habe ihr Arbeitszimmer betreten, ohne anzuklopfen, wie ich es oft getan habe, und wie Sie es auch getan haben, Charles ... ich habe ihn dort gefunden. Er war ein Japaner, der dem in der Hauptstadt akkreditierten diplomatischen Dienst angehörte. Ich kannte ihn, weil er einige Bilder für ihn und für die Botschaft gemacht hatte. Referenzen über ihn waren zu mir gekommen, nicht sehr angenehme Referenzen. Der Senat hatte vor zwei Jahren seine Ausweisung beantragt, aber nicht erreicht. Mir war das alles egal, denn er kaufte meine Bilder, aber als sie Pearl Harbor angriffen, war das anders. Aus diesem Grund verstand ich, als ich ihn an diesem Tag dort sah, die Wahrheit, die ganze Wahrheit. Wir drei kämpften und Philiphe war der erste, der durch einen Stuhlschlag tot umfiel. Der verdammte Japaner entkam mir durch die Tür und aufs Dach. Dort floh er, rannte wie eine Katze. Ich versuchte, ihn zu erreichen, aber ich rutschte aus und wollte auf die Straße fallen. Als mir klar wurde, dass ich nichts erreichen würde, ging ich zurück in Lizzies Arbeitszimmer. Als er mich sah, da er wusste, dass ich die ganze Wahrheit wusste, nahm er einen „Lugger" und richtete ihn auf mich. Ich warf mich zu Boden und wir kämpften beide. Ich glaube, er war verrückt. Ich schlug sie zusammen und schlug sie aufs Bett. Sie versuchte, ihre Finger in meine Augen zu graben und ich drückte ihre Kehle, bis sie leblos in meinen Händen lag ... ich war wie verrückt ... Ich schlug sie zusammen und schlug sie aufs Bett. Sie versuchte, ihre Finger in meine Augen zu graben und ich drückte ihre Kehle, bis sie leblos in meinen Händen lag ... ich war wie verrückt ... Ich schlug sie zusammen und schlug sie aufs Bett. Sie versuchte, ihre Finger in meine Augen zu graben und ich drückte ihre Kehle, bis sie leblos in meinen Händen lag ... ich war wie verrückt ...

Als Gerard Oaking fertig war, sah er alle um sich herum an. Er tat es langsam, einen nach dem anderen. Dann fügte er hinzu:

„Es ist die Wahrheit, nur die Wahrheit.

„Und warum hast du dich nicht der Polizei gestellt? Du hättest zu ihnen gehen und erklären können, was passiert ist.

„Halten Sie mich für einen Idioten, Charles ...? Es wäre so gewesen, als ob ich darum gebeten hätte, auf dem elektrischen Stuhl Platz zu nehmen. Welchen Beweis könnte ich liefern, dass er die Wahrheit sagte? Zeigen Sie Lizzies Widerstand, aber mehr nicht ... Und Sie wissen, dass sie zu hübsch war, als dass die Polizei glauben könnte, dass ihre Opposition auf der Verteidigung ihrer Spionagepersönlichkeit beruhte...

„Aber die Polizei hätte Ihnen geholfen ... Die Spionageabwehr des FBI hätte ihre Akten und ihre Männer in den Dienst des Gesetzes gestellt, um die Wahrheit herauszufinden ...

"Nein, Charles, nichts davon wäre passiert ... Wir befanden uns im Krieg, es hatte gerade einen Angriff auf Pearl Harbor gegeben, einen verräterischen Angriff, und die Polizei konnte keine Zeit verschwenden. Er hatte zu viel Arbeit, um ihn anzuhalten und zu befragen." die ganzen Orientalen in den Slums, mich selbst vorzustellen, ein Ausländer, der von ermordeten Spionen spricht, wäre wie Händeschütteln mit dem Tod gewesen.

Charles hatte seine Hände über seinen Körper fallen lassen und seine Angriffshaltung aufgegeben. Als er ihn sah, stellte Gerard Oaking die Flasche "Whiskey" neben sich auf die raue Theke.

„McKinley ... Oder Gerard Oaking, wie auch immer er heißt, sind Sie bereit, uns zu helfen? Fragte Major Tracy.

„Ich habe es bisher getan. Es gibt keinen Grund, warum Sie dies nicht weiterhin tun sollten.

„Bist du bereit, vor das Gesetz und die Polizei zu gehen, um die Wahrheit zu erklären ... wenn wir Burma lebend verlassen?

"Ja.

„Lasst uns in diesem Fall warten, bis die Gerechtigkeit das letzte Wort sagt, und lasst uns alle unserer Mission widmen. Wenn etwas fehlschlägt, muss nicht lange auf die Justiz warten, um ihn zum Tode zu verurteilen ... wenn er schuldig ist.

Major Tracy kehrte an seinen Platz zurück. Gregor und Barry taten dasselbe.

Gerard Oaking füllte das Glas nach und leerte es in einem Zug. Der "Whisky" glitt über seine Wangen und benetzte sein Hemd. Er fuhr mit seiner Hand über sie und dann über ihre Lippen.

Charles Pencer kniete am Fenster nieder.

Von dort aus konnte er perfekt einen breiten Landstreifen sehen, wohin General Takemo-Mako gehen musste und er konnte alles perfekt fotografieren.

Doch ein hasserfüllter Groll überfiel sein Herz. Der Gedanke, dass Liz ihn verraten hatte, ihn als Puppe dienen ließ, um seine Spionageaktivitäten zu vertuschen, passte nicht in seinen Kopf.

Er erinnerte sich daran, wie die Dinge zwischen ihnen allen verlaufen waren. Er erkannte, dass die Geschichte von Gerald Oaking perfekt der Realität entsprach. Es konnte jedoch nicht sein. Er kannte Liz zu gut, um wahr zu sein, was Oaking sagte. Aber es schien so.

Er schüttelte den Kopf, um den unangenehmen Gedanken zu verdrängen.

Er sah auf die Uhr. Es war fünf Minuten vor zehn. Überrascht stellte er fest, wie schnell die letzten Minuten vergangen waren.

Er sah den Rest der Männer an.

Alles ging gleich weiter, ohne etwas zu bewegen. Nur die als Japaner verkleideten Burmesen, immer noch auf ihren Posten, bereit, einzugreifen.

Die Sonne war bereits perfekt in den wolkenlosen Himmel gezeichnet, und ihr Glanz brannte die Pupillen.

„Er ist zu spät", murmelte Barry.

„Reich. Du musst zu unserem Termin gehen", sagte der Ältere.

Sie alle haben geschwitzt. Es war die Hitze und Lebensqual jener Momente, in denen sie mit dem Tod spielten.

Sie schwiegen wieder. Charles wusste nicht, wie lange die Stille dauerte.

Endlich, wie ein entferntes Murmeln, war das Schnarchen von Motoren zu hören.

"Schon", sagte der Ältere lakonisch.

Alle sahen sich an. Es war der entscheidende Moment.

Charles sah Oaking an. Er stand an der Theke und starrte auf die Flasche. Der Mann sah erbärmlich aus. Ich war irgendwie erschöpft, fertig.

In diesem Moment ging Kala zu Charles und kniete sich neben ihn. Langsam senkte er den Kopf und begrüßte den Amerikaner mit einer Geste zwischen mystisch und feierlich.

„Das heißt, er wünscht dir Glück", murmelte Oarking durch die Zähne.

Kala stand auf, ignorierte die Worte des Mannes und wiederholte die Operation in der Mitte der Gruppe.

„Er wünscht uns allen viel Glück", murmelte Oarking wieder, „Aber du, Charles, bist der Liebling ... ha ha ha!

Kala stand auf und ging wieder zu Charles hinüber. Sie setzte sich neben ihn und war zu einer Kugel zusammengerollt.

In der Ferne war das Schnarchen der Motoren deutlich zu hören. In dem kleinen Gebäude, das als Oakings Zuhause diente, saßen sie alle zusammengekauert, die Arme in der Hand, bereit, in den Kampf einzugreifen.

Draußen hatten sich die Burmesen strategisch positioniert. Auch sie waren auf den bevorstehenden Kampf vorbereitet.

Pencer sah das Mädchen an. Er sah, dass Kala ihn anstarrte. Und diese Augen waren großartig. Beim Hinsehen schienen sie zu streicheln.

Die Motoren schnarchten viel näher. Der Dschungel verstärkte den Lärm.

Major Tracy war die erste, die eines der Fahrräder auftauchen sah.

„Sie sind angekommen...", murmelte er.

Fast sofort tauchten zwei weitere auf. Und dann noch drei.

Die Autofahrer wurden beim Einfahren in die Stadt langsamer. Der falsche Japaner verzog das Gesicht und winkte im Vorbeigehen.

Alles lief wie geplant ab.

Fünfzehn Meter hinter ihnen rollte der "Jeep", in dem General Takemo-Mako unterwegs war.

Pencer drückte den Auslöser seiner Kamera. Dann rollte er mit einer schnellen Geste die Rolle. Er tat dies mit einem Lächeln, zuversichtlich, dass kein anderer Fotograf des Zweiten Weltkriegs jemals die Gelegenheit haben wird, eine Szene wie die kommende einzufangen.

Major Tracy verfolgte den Jeep mit den Augen. Die Maschinenpistole in seinen Händen bewegte sich in dieselbe Richtung.

Der Jeep fuhr mitten auf der Straße durch das verlassene Mogaung. General Takemo-Mako machte sich klar. Sein kahler Kopf glänzte in der Sonne, und Schweiß machte sein Gesicht feucht.

Ein Sonnenstrahl traf den goldenen Rahmen seiner Brille, und der Blitz flog durch die Bäume.

Plötzlich sprang Major Tracy auf.

"Feuer!!!

Der Dschungel wurde zur Hölle. Die Maschinenpistolen krachten und stießen ihr Todeslied aus.

Burmesen spuckten Feuer nach den Überresten der Motorradfahrer. Barry, der Mann mit dem rötlichen Bart, spürte, wie sein Körper beim Zittern seiner Waffe zitterte. Leutnant Gregor bemerkte, dass das Eisen der Waffe heiß wurde.

Aber keiner von ihnen hörte auf zu feuern.

Die Biker wanden sich wie verkohlte Würmer. Bei jedem Windstoß zitterten ihre Körper wie vom Wind verwehte Jalousien und ein neuer Blutfleck breitete sich über ihre schwarzen Lederuniformen aus.

Einer von ihnen schaffte es, sich auf dem Fahrrad zu balancieren, und seine Handgelenke verdrehten sich, um der Maschine Geschwindigkeit zu verleihen. Eine Sekunde lang schien es ihm gelungen zu sein, aber zwei Schüsse trafen auf seinen Körper, und die Führung ließ ihn fast im Gleichgewicht aufstehen.

Er ging immer noch ein paar Meter in dieser seltsamen Haltung. Dann rollte er sich auf den Boden und die Maschine war zwischen seinen Beinen in Betrieb.

Der Angriff hatte alle überrascht.

Der "Jeep" des Generals war festgenagelt. Für den Bruchteil einer Sekunde sah Takemo-Mako sich um, seine Augen vor Entsetzen weit aufgerissen. Und plötzlich, wie vom Blitz getroffen, sprang er aus dem Fahrzeug und rannte in den Dschungel, wobei er auf Japanisch die Männer anschrie, die er für seine Armee hielt und die schossen.

„Töte ihn nicht!! rief Major Tracy und sprang aus dem Fenster, um den General zu verfolgen.

Leutnant Gregor folgte ihm. Mit der Maschinenpistole in der Hand sprang er aus dem Fenster und folgte den Spuren des Majors. Dies sollten jedoch seine letzten Schritte im Leben sein.

Er sprang über die Leiche eines Motorradfahrers, um die Kollision zu vermeiden, konnte aber der Hand dieses Mannes nicht ausweichen, der seine Füße erwischte und ihn das Gleichgewicht verlor und ihn zu Boden riss.

Leutnant Gregor fiel schwer zu Boden. Und fast sofort stand er auf und schwenkte die Maschinenpistole wie eine Keule. Sein Ziel konnte er jedoch nicht erreichen. In der anderen Hand hielt der Japaner eine Pistole.

Als er abdrückte, drang der Tod in Gregors Körper ein.

Er blieb wie in die Luft genagelt, immer noch mit der Maschinenpistole im Plan einer Keule. Dann brach er neben der Leiche des Mannes zusammen, der ihn getötet hatte, und zerschmetterte seinen Kopf mit dem Kolben seiner Waffe.

Major Tracy bemerkte nicht, was hinter seinem Rücken passiert war.

Wie ein Wildschwein, das die Maschinenpistole fallen ließ, war er in General Takemo-Mako gestürzt. Seine Hände hatten sich wie Eisenhaken um die Beine des Japaners geschlungen, sodass er wie ein einstürzender Turm zusammenbrach.

Es kostete wenig, den General wehrlos zu machen. Eigentlich leistete er fast keinen Widerstand. Major Tracy, die Arme um seinen Körper gelegt, verhinderte jede Bewegung.

„De... lass mich...", murmelte der Japaner in korrektem Englisch.

„Gibst du mir dein... Wort... dass du nicht entkommst...? Fragte den Befehl.

"Ja.

Major Tracy stand auf und ließ den General los. Sie trat von ihm weg und hob die Maschinenpistole auf, die sie fallen gelassen hatte, um selbst abzufeuern.

"Was willst du von mir? murmelte Takemo-Mako.

„Haben Sie einen japanischen Helden zu Gast, bis der Krieg vorbei ist, General.

„Das heißt...?

„Dass wir planen, es mitzunehmen.

„Ihr seid verrückt...! In ein paar Stunden wird der Dschungel zur Hölle werden, wenn ich nicht rechtzeitig in Rangun ankomme.

„Wir werden weit, weit weg sein.

"Denkst du so?

"Natürlich.

„Aber vor morgen werden sie von meinen Männern tot sein ... Ich verspreche Ihnen, dass Ihr Leben respektiert wird, wenn Sie mich die Reise fortsetzen lassen.

„Morgen sind wir weit weg von hier ... Und von Burma, General. Mir scheint, er hat nicht gemerkt, dass wir die britischen Kommandos sind, die ihn zu einem Urlaub eingeladen haben, und wir sind nicht bereit, uns von seiner Anwesenheit im Stich zu lassen ... In wenigen Minuten werden wir abreisen.

General Takemo-Mako sah Major Tracy an. Dann fuhr sie sich, ohne noch etwas zu sagen, mit der Hand über die Stirn und zog sie schweißgebadet heraus.

Der Befehl wandte sich der Hauptstraße zu.

„Ist alles gut gegangen, Pencer? Er fragte den Fotografen.

"Wunderbar. Dein Plongeon wird perfekt sein. Ich kann mir vorstellen, dass die Japaner nicht gerne sehen, wie ihr Held angegriffen wird, als wäre er ein Rugbyspieler."

„Das hoffe ich... Und Barry?

„Hier, Herr.

„Und Gregor...? Wo ist?

„Tot", antwortete Barry.

"Tot...?

„Ja, Senior. Einer der Biker ist am Leben geblieben, um Gregor zu töten.

Der ältere Mann schüttelte langsam den Kopf. Dann murmelte er:

„Wir dürfen keine Zeit damit verschwenden, ihn zu begraben. Wir müssen so schnell wie möglich an die Küste marschieren. In ein paar Stunden werden die Japaner wie die Fliegen ankommen und wir müssen weit von hier sein.

„Nun, Herr.

Barry ging zu dem gefallenen Mann hinüber und holte sein Namensschild und seine Brieftasche aus seiner Gesäßtasche. Dann tastete er die restlichen Taschen ab und fand nichts, nahm ihm die Armbanduhr ab.

Dann trat er einen Schritt zurück und stellte sich militärisch vor die Leiche des Leutnants.

„Auf Ihren Befehl, mein Leutnant! „Er sagte. Und dann, an den Ältesten gerichtet, fügte er hinzu: „Seine Eltern werden dankbar sein, wenn wir ihre letzten Gegenstände zurückgeben, die er bei sich trug, als der Tod ihn küsste.

„Mach es so, Barry.

Der ältere überquerte die Straße und ging auf das Gebäude zu, in dem sich Oaking befand.

„Alles ist vorbei. Wenn du deine Haut retten willst, kannst du weitermachen. Wenn du lieber bleiben möchtest, kannst du das.

„Ich folge ihnen. Ich werde zurückkehren, um unter den Weißen zu leben und ihre Zumutungen zu ertragen ... denn wenn ich bleibe ... hier werden sie die Unhöflichkeit haben, mich zu töten, was mich noch weniger überzeugt.

Oaking stand auf und ging nach draußen.

Kala folgte. Und Major Tracy, die zu dem General hinüberging, der von den Burmesen umringt war, von denen die meisten ihre japanischen Uniformen bereits abgelegt hatten.

„Kala, bitte sagen Sie ihnen, dass meine Regierung ihren Dienst für die Freiheit ihres Landes und für den Erfolg der Verbündeten schätzt ... Und sagen Sie ihnen, dass ich alles tun werde, damit ihre Hilfe belohnt wird.

Kala übersetzte diese Worte ins Burmesische. Alle lächelten zufrieden und einer antwortete stellvertretend für alle.

„Was haben sie gesagt, Kala?

„Dass sie keine Belohnung erwarten, weil sie nur ihre Pflicht getan haben.

Der ältere Mann lächelte zufrieden, als er die Reaktion dieser Männer sah, ging wortlos auf sie zu und schüttelte ihnen die Hände. Barry und Pencer taten dasselbe.

Es war ein stiller Akt voller Emotionen. Es waren Männer, die zusammen gekämpft hatten und sich nun mit der fast sicheren Gewissheit trennten, dass sie sich nie wiedersehen würden.

Als sie mit dem Händeschütteln fertig waren, gab der Ältere den Befehl.

"Auf geht's! !
Und während er sich bewegte, stand Kala neben Pencer.
Seine Augen streichelten weiter.

KAPITEL VIII

"Welche Zeit ist höher? Fragte Oarking.

»Neun Uhr ... Es ist noch eine Stunde, bis uns die Boote vom U-Boot abholen. Wenn sie kommen.

„Sie werden kommen, Major.

Alle waren wieder still.

Sie lagen auf dem Boden, klebten am Boden, ihre Körper zerquetschten die kleinen Büsche, suchten Schutz im Unterholz. Sie wussten, dass sie unbemerkt bleiben mussten, bis der Turm des U-Boots aus der dunklen Meeresoberfläche auftauchte. Und dafür war es noch eine Stunde zu gehen.

Hinter ihm war das Meer, wogend und rauschend, sanft am Strand brechend und dem Wellenkamm einen Hauch von Farbe und Licht verleihend.

Vor ihnen lag der wilde Dschungel mit seinen winzigen und beunruhigenden nächtlichen Geräuschen, die in der Einsamkeit geboren zu sein schienen. Alles war von den Schatten und Hell-Dunkeln bedeckt, die das blasssilberne Licht des Mondes erzeugte, der sein rundes Gesicht durch die Wolken zeigte.

Und zwischen ihnen und dem Meer erstreckte sich der Sandstreifen des Strandes. Es waren eine Handvoll Meter, die ihren Tod bedeuten konnten, wenn sie gezwungen wurden, unter feindlichem Feuer zu durchqueren.

Pencer war still, ruhig. Tief in ihrem Inneren empfand sie eine vage Befriedigung bei den Fotos, die sie an diesem Tag gemacht hatte. Er erinnerte sich nicht an Momente der Gefahr in der Vergangenheit, als sein Leben nichts wert war und der Tod ein Muss gewesen zu sein schien. Er erinnerte sich nur an die Emotionen, die er hatte, als er den Auslöser drückte und Takemo-Mako fotografierte, wie er unter den Plongeón des Majors fiel.

Neben ihm, am Boden festgeklebt, war Kala. Ihre großen, weißen und leuchtenden Augen mit dem schwarzen Ring der Pupille sahen ihn liebkosend an. Kala war wie ein schönes und sensibles Tier, mit einfachen und direkten Reaktionen, aufrichtig.

Pencer sah sie erfreut an und sie lächelte. Sein perfektes Gesicht schien zu spalten, um das Lächeln des Mädchens einzufangen. Als Pencer sie mit einem Lächeln auf den Lippen sah, erkannte er, dass auch er froh war, sie in seiner Nähe zu haben.

Weniger als drei Meter entfernt lag Oaking mit dem Rücken zum Boden, die Hände unter dem Nacken verschränkt, und blickte zum Himmel empor. Er knabberte an einem Stiel und kratzte sich ab und zu mit spitzen Fingern die Wange.

In diesem Moment war die Stimme des Ältesten zu hören:

„Nun, General", sagte er, „ich fürchte, Ihre Männer haben ihre Schuld noch nicht erkannt.

„Wissen Sie, Herr Major. Ich bin General Takemo-Mako und habe den Status eines Gottes, der vom Imperator verliehen wurde. Ich bin nicht irgendein Soldat, der allein sterben kann, ohne dass jemand für seinen Verlust eine Träne vergießt. Ich bin mir sicher, dass mich meine Männer mittlerweile in jeder Ecke des Dschungels suchen werden.

„Aber nicht vom Strand. Sie werden an die Möglichkeit einer Kommandopatrouille gedacht haben, die versucht, den Dschungel auf der Suche nach der indischen Grenze zu durchqueren, aber sie werden nicht daran gedacht haben, ihre Reise auf dem Seeweg fortzusetzen.

„Meine Männer werden eintreffen, Major, ob sie an diese Möglichkeit gedacht haben oder nicht. Und Sie, Senior, werden die Gelegenheit haben, zu erfahren, wie meine Soldaten kämpfen, wenn im Kampf das Leben ihres Generals zur Sprache kommt. Und Sie haben auch die Möglichkeit, ...; aber ich fürchte, das neue Wissen wird Ihnen nichts nützen.

Als Oaking diese Worte hörte, spuckte er den Stiel zwischen seine Lippen und wischte sich mit der Handfläche über den Mund. Er wollte gerade etwas sagen, aber der ältere Mann brachte ihn mit einer Geste zum Schweigen.

Alle verstummten wieder.

Pencer sah den General an. Er blieb ruhig, saß auf dem Boden, die Füße gekreuzt und die Hände auf den Knien. Es sah aus wie ein Buddha.

Die Zeit verging langsam.

Major Tracy sah auf seine Uhr, dann schweifte sein Blick über das Meer und wartete darauf, die schwarze Silhouette des U-Bootes zu sehen. Er war jedoch nicht ungeduldig. Er wusste, dass es noch nicht der festgelegte Zeitpunkt für das Erscheinen des Königs der U-Boot-Navigation war. Alles wurde Minute für Minute berechnet und niemand sollte zu spät oder zu früh sein.

„Und wissend, dass sie etwa zwei oder drei Meilen von hier unter Wasser darauf warten, dass die Zeit vergeht, um aufzusteigen ...", murmelte Pencer.

"Und wir warten, bis die Zeit vergeht", fügte Barry hinzu.

„Wenn es zehn Uhr ist, werden sie ankommen.

„Meine Männer sind vielleicht früher hier, Major", murmelte General Takemo-Mako lächelnd.

„Ich vertraue darauf, dass dem nicht so ist. Es ist fast halb neun und sie wurden noch nicht gehört.

„Sie werden gehört.

„Dann, ich schwöre Ihnen, das erste, was Sie hören werden, ist, dass Sie den Kopf platzen lassen, General. Wenn es für uns hässlich wird, lassen wir vielleicht unsere Haut an diesem burmesischen Strand, aber Sie auch.

„Ich werde wissen, wie man stirbt. Ich bin General in der japanischen Armee.

"Ja, sehr gut, du hast es schon dutzendmal gesagt... Mach schon, halt die Klappe, es sieht aus wie eine gebrochene Schallplatte", mischte sich Oaking selbstgefällig ein.

Die Japaner schienen diese Worte nicht zu hören.

Alle verstummten wieder.

Es war eine Tortur, die jeden nervös machen konnte. Bleib dort, nahe der Erlösung und warte darauf, dass die Zeit vergeht. Und das Schlimmste war, dass die Zeit tot schien.

Gelassener war ausgerechnet der General. Er hatte nicht einmal seine Position verändert und sein Gesicht spiegelte eine erstaunliche Ruhe wider, als hätte er den Gedanken des Todes vorher akzeptiert oder als ob nichts, was sich abspielte, etwas mit ihm zu tun hatte.

Fünfzehn Minuten vor zehn sah der ältere Mann wieder auf seine Uhr.

„General", sagte er mit einem Lächeln auf den Lippen. „Ich fürchte, Ihre Männer werden nicht an der Verabredung teilnehmen. Sie haben nicht daran gedacht, dass es am Meer ist.

„Ihr älteren Westler hält uns für dumm oder naiv. Sie beurteilen uns nach unseren poetischen und jahrtausendealten Traditionen und wollen nicht erkennen, dass dieser bunte Teil unseres Lebens Traditionen entspricht, mehr nicht, und wenn der Moment der Erinnerung vorbei ist, sind wir genauso intelligente Wesen oder mehr. als du. Dies habe ich während meiner langen Aufenthalte in Ihrer Heimat, während meines Studiums am St. College Trinity, Oxford, oft erlebt. Unsere Tradition der Gelassenheit und Höflichkeit wird mit Dummheit verwechselt ... Wenn ich ruhig bin, dann gerade deshalb, weil ich überzeugt bin, dass meine Männer zur richtigen Zeit eintreffen werden.

„Das glaube ich nicht, General", murmelte Pencer.

„Ich auch nicht", fügte Kala hinzu.

Es war das erste Mal, dass er den Mund öffnete, um mit seinem angenehmen nasalen Akzent Englisch zu sprechen. Pencer sah sie überrascht an. Er wollte gerade etwas sagen, als sie die Hand ausstreckte und seine Hand auf seine Lippen legte. Dann glitt die Hand über ihre Wange und wurde zu einer Liebkosung. Eine lange und langsame

Liebkosung, die ihm sanft vorkam, mit der Sanftheit, die nur die Liebe in eine solche Geste bringen kann

Drei weitere Minuten vergingen. Es kamen mir drei Stunden vor „Zwölf zu gehen", murmelte der Ältere.

"Dreizehn auf meiner Wache", korrigierte der General.

Der Ältere wollte gerade antworten, als ihn eine Geste von Pencer zurückhielt. Der Fotograf hielt seine Hand hoch und bat um Stille. Seine Augen waren verloren und er hielt den Mund offen, um seine Ohren lauter zu machen.

Oarking stand auf.

Ein fernes Schnurren war am Himmel zu hören.

Jeder merkte, dass etwas passierte.

"Flugzeuge" war das einzige Wort, das dem Major über die Lippen kam.

In der Eintönigkeit der unendlichen Geräusche des Dschungels stach tatsächlich der Lärm der Flugzeugtriebwerke hervor. Jedes Mal hörten sie sich deutlicher.

"Ich würde sagen Fallschirmjäger, meine Herren", sagte der General.

„Halt einmal die Klappe!!

Tatsächlich war keine halbe Minute vergangen, als zwei Schwadronen Transportflugzeuge gesichtet wurden. Und es waren keine zwei Minuten mehr vergangen, als am Himmel die Gestalten der Fallschirmjäger ausgeschnitten waren, an der weißen Seide hängend, schwankend, vom Wind und der Geschwindigkeit geschoben.

„Ich habe noch elf Minuten auf meiner Uhr, zehn auf deiner, wann denkst du, wirst du brauchen, um handlungsbereit zu sein? Sie sind innerhalb von fünfhundert Metern gefallen. Takemo-Makos Stimme klang eintönig, als würde er von Ereignissen aus seiner Kindheit erzählen, deren Ende keine Überraschung enthielt.

Major Tracy ignorierte diese Worte. Er sah auf seine Uhr und blickte auf das Meer.

Alles ging gleich weiter, ohne dass das U-Boot auftauchte.

„Du wirst rauskommen, Idiot! rief er aus, unfähig sich zu beherrschen.

Die Fallschirmjäger stiegen weiter ab. Es waren mehrere Dutzend Männer.

Die Flugzeuge trieben davon und bald verstummte der Himmel wieder.

Wieder waren die winzigen Geräusche des Schlagens des Waldes zu hören.

Alles schien ruhig zu sein, aber die Wahrheit war, dass gerade Gefahr vom Himmel herabgekommen war.

Jetzt wusste jeder, dass sich im Umkreis von fünfhundert Metern Männer befanden, die bereit waren, ihr Leben zu beenden; Männer, die nicht zögern würden, den Abzug zu betätigen und die Toten um sich herum zu säen.

Es war, als wäre der Tod mit dem Fallschirm abgesprungen.

KAPITEL IX

Kala trat näher an Pencer heran. Er suchte Zuflucht.

„Keine Angst, Kala", murmelte der Fotograf. Aber seine Stimme klang sehr leise, denn er hatte, wie alle anderen auch, Angst davor, was in letzter Minute passieren könnte.

Das Meer streichelte weiterhin den Strand. Jetzt strengten sich die Augen an, den Dschungel zu durchschneiden und die dunkle Wasseroberfläche zu durchdringen.

Sie waren alle aufmerksam, die Ohren gespitzt und versuchten, jedes Geräusch aufzufangen, das sie vor Gefahren in der Nähe warnte.

Der einzige, der ungerührt blieb, war General Takemo-Mako, der sich nicht einmal die Mühe gemacht hatte, seine Position zu ändern.

Major Tracy hatte sich ihm angeschlossen und richtete die Maschinenpistole auf ihn.

„Weißt du was das bedeutet?" sagte er drohend.

„Ja. Aber ich versichere Ihnen, dass es nicht nötig sein wird, Major", antwortete der Japaner.

"Ich werde nicht zögern, den Abzug zu drücken, wenn Sie versuchen zu fliehen oder wenn Sie etwas tun, um die Aufmerksamkeit Ihrer Männer zu erregen", lautet die Befehlssilbe.

„Ich werde es nicht tun ... noch werde ich dieses Abenteuer lebend beenden. Mein Status als General hindert mich daran, meine eigenen Soldaten um Hilfe zu bitten. Es ist eine unserer Traditionen, die Ihnen vielleicht lächerlich erscheint. Der Kaiser hat verlangt, dass ich, wenn der Tod für mich kommt, als kriegerischer Gott sterben kann.

Major Tracy sah den Mann an, der unsensibel wirkte. Er begann zu verstehen, warum ihm der Status Gottes zuerkannt wurde. Und er merkte, dass er ihn tief in seinem Inneren bewunderte und beneidete. Er konnte sogar erkennen, dass ein Mann wie Takemo-Mako nur in Würde sterben konnte.

„Ich hoffe, sie sehen dich nicht sterben, General", murmelte Barry, der bis dahin ein wenig abseits gelegen hatte, „denn wir bringen ihn in ein paar Minuten zum U-Boot.

"Tot.

„Nein, ich sorge dafür, dass er gesund und munter ankommt ... Und notfalls auf seinen Schultern. Ich kümmere mich darum.

„Meine Männer werden es verhindern.

„Es ist drei Minuten vor zehn, General. Seine Männer werden nicht rechtzeitig da sein, um das zu verhindern.

„Sie sind weniger als hundert Meter entfernt.

Diese kategorische Aussage verursachte bei jedem ein seltsames Gefühl, das wie ein Schleudertrauma durch seinen Körper lief.

Barry sah auf seine Uhr. Es waren Momente schrecklicher Spannung, die ewig zu dauern schienen. Jeder wusste, dass jedes unvorhersehbare Ereignis das Ende von allem bedeutete. Eine Panne im U-Boot, ein Tiefenbombenangriff viele Meilen vom vorgesehenen Punkt entfernt, bedeutete das Ende dieser Handvoll tapferer Männer. Und von Kala.

Alle waren jedoch zuversichtlich, dass die Marine diesmal nicht scheitern würde.

Zwei weitere Minuten vergingen.

„Eine Minute vor zehn", murmelte der ältere Mann.

„Minus zwei. Seine Uhr ist schnell", fügte der General hinzu.

Seine Stimme war noch immer kalt und metallisch, als hätte alles, was geschah, nichts mit ihm und seinem Leben zu tun.

Das Kreischen eines Vogels war zu hören, und das Schlagen von aufgeregten Flügelschlägen im schnellen Flug war ihnen klar.

„Sie kommen", murmelte Takemo-Mako „Dieser Vogel hat getan, was du gerne tun würdest: er ist gegangen... Er könnte schreien...

»Das wird er nicht«, murmelte Major Tracy und stieß dem General den Lauf der Maschinenpistole in den Rücken.

„Du hast recht, das werde ich nicht, aber nicht wegen deiner Drohung. Ich glaube, ich habe Ihnen schon einmal erklärt, dass ein japanischer General seine Soldaten nicht um Hilfe bitten kann ... Er muss wissen, wie man stirbt.

Niemand antwortete. Sie alle beobachteten den Dschungel, der sich vor ihnen ausdehnte, in Dunkelheit versunken.

Es gab mehr Kreischen von unruhigen Tieren. Jetzt war das Geräusch ganz nah.

Man hörte einen abgebrochenen Ast fallen. Dann, fast als nächstes, ein paar Worte.

Sie waren weniger als fünfzig Meter entfernt.

Die Kommandos sahen sich an. Barry sah auf seine Uhr.

Und unfähig sich zu beherrschen, schrie er fast:

"Zehn Uhr!

Der Satz schien ein Slogan zu sein. Fast gleichzeitig änderten die Wellen ihr sanftes Schaukeln, und die schwarze Masse des U-Boot-Turms durchbrach die Monotonie des Wassers und tauchte auf der Meeresoberfläche auf.

"Es ist hier!

„Ihre Uhr verlangsamt sich, General", murmelte Major Tracy mit einem schiefen Lächeln. „Es ist jetzt zehn Uhr auf unseren Uhren.

Die Kommandos erhoben sich. Kala und Oaking taten dasselbe.

Der einzige, der sitzen blieb, war General Takemo-Mako.

„Steh auf! brüllte der Ältere.

Er wusste, dass die Japaner fast an seiner Seite waren und es machte ihm nichts aus zu schreien.

Takemo-Mako schüttelte den Kopf.

"Sehr gut, wie Sie wollen", sagte er und gab Barry ein Zeichen, der sich dem General näherte und ihm mit ausgestreckter Hand einen schnellen und harten Schlag in den Nacken verpasste, der ihn die Fassung verlor und zu Boden fiel Boden stürzte ein wie eine Burg. Kartenspielen.

„Es tut mir leid, General", murmelte Barry, „aber der Hit ist" Jiu-Jitsu. "

Gleichzeitig sahen sie mehrere Männer, die sich auf der Stahlplatte des U-Bootes bewegten. Weitere kamen aus der Luke.

Zwei Boote wurden ins Wasser geworfen, das zeitweise anschwoll und auf dem Meer still stand.

Von Matrosenpaaren sprangen sie auf sie ein.

Sekunden später näherten sie sich dem Strand.

Während diese Operationen mit einer beeindruckenden Geschwindigkeit durchgeführt wurden, die für Männer typisch ist, die sie tausendmal wiederholt hatten, waren sich die Kommandos mit der Leiche des Generals, der wie ein Bündel gefallen war, der Ereignisse bewusst.

Pencer sah Kala grinsend an, versuchte sie zu beruhigen, ihr eine Gewissheit einzuflößen, die ihm selbst fehlte. Dabei bemerkte er, dass sie ihn nicht ansah. Er starrte Oaking an.

Dieser Mann hockte wie ein läufiges Tier, das bereit war, sich auf sein Opfer zu stürzen. Es wurde vermutet, dass sein ganzer Körper unter starker Spannung stand, bereit, alles für alles zu riskieren.

Seine einsilbigen Worte erreichten sie klar, hart und weich zugleich.

In diesem Moment verstand Pencer, was Oakings wahre Absichten waren: Er war bereit, sie zu verraten, zu schreien und die Aufmerksamkeit der Japaner auf sich zu ziehen. Es genügte ihm zu fliehen.

Die Ideen rasten mit schwindelerregender Geschwindigkeit durch Pencers Gehirn. Die Gestalt dieses Mannes, der hockte, zum Sprung bereit, entschlossen, sie zu verraten, verdeutlichte vieles.

Wenn Oaking sein Leben durch Verrat riskierte, dann weil es ein starkes Motiv gab, das ihn dazu drängte; die Angst, in die Zivilisation zurückzukehren und sich der Gerechtigkeit der Menschen zu stellen, die ihn zur Rechenschaft ziehen würde für das, was am 8. Dezember

1941 geschah, dem Tag, an dem die Vereinigten Staaten nach der Beleidigung von Pearl Harbor in den Krieg mit Japan eintraten.

Wenn seine Angst vor Gericht erscheinen sollte, war das Motiv die absolute Gewissheit, dass er verurteilt würde, denn in Wirklichkeit war er eines Doppelmordes schuldig.

Pencer ließ die Kamera auf die Brust fallen und griff nach der Maschinenpistole.

Seine Finger klammerten sich hasserfüllt an den Lauf der Waffe.

Reflexartig stellte er fest, dass die Boote weniger als zehn Meter entfernt waren.

Und dass die Japaner fast über ihnen waren.

Das war der Moment, den Oaking nutzte. Wie ein Damhirsch sprang vor und schrie:

"Hier!!

Aber sein Sprung wurde abgeschnitten, verwandelte sich in eine tragische und lächerliche Pirouette. Für ein paar Zehntelsekunden schien es, als würde es von unsichtbaren Fäden in der Luft schwebend gehalten, verdreht wie eine verbrannte Puppe. Aber das waren nur ein paar Zehntel. Dann brach er zusammen.

Die Explosion von Pencers Maschinenpistole schien den Dschungel aus seinem nächtlichen Schlaf zu erwecken. Tausende und Abertausende von Schreien exotischer Vögel und Gebrüll von Tieren, die in ihren "Träumen und Sehnsüchten" unterbrochen worden waren, wurden in allen Ecken dieser grünen Hölle geboren.

Beim zweiten Ausbruch ertönte ein fast unverständliches menschliches Gebrüll.

Es waren die Schlachtrufe der japanischen Soldaten, die, ersetzt durch die Überraschung des ersten Augenblicks und die Schüsse, auf der Suche nach Rache kamen!

„Zu den Booten !! Der Ältere schrie.

Man musste den etwa zwanzig Meter langen Sandstreifen des Strandes überqueren. Diese kurze Distanz wurde zu einem unüberwindlichen Land.

„Barry, nimm es mit Takemo-Mako auf! Habe den Major bestellt.

Und gleichzeitig eröffnete er das Feuer auf den ersten Japaner, der neben ihm auftauchte.

„Nun, Herr!

Barry wartete nicht, bis es zweimal wiederholt wurde. Mit einer schnellen Geste nahm er den leblosen Körper des Generals und trug ihn auf seinen Schultern, um ihn gleichzeitig als Schild zu verwenden.

Dann rannte er, als ob er kein Gewicht hätte, auf die beiden Boote zu, die den Strand erreichten.

Der Rest der Gruppe tat dasselbe und feuerte ihre Maschinengewehre ab, als wären wahre Teufel aus der Hölle geflohen.

Fast sofort wurde der Strand zu einem Ziel, das von feindlichen Projektilen durchlöchert war.

Major Tracy drehte sich wie ein Dämon, als er befahl:

„Los, Barry!!

Er ließ sein Knie auf den Boden sinken und begann, sich darauf zu stützen, in den Dschungel zu schießen.

Eine Gruppe Japaner, die bereits die letzten Bäume passiert hatten, verdrehte sich tragisch und ließ ihre Waffen entkommen.

Über dem Lärm der Maschinenpistolen ertönte Barrys Schrei:

„Senior, folgen Sie uns !!

Er stand am Strand, wenige Meter vom Wasser entfernt, von den Booten, die das Heil für alle darstellten. Auf seinen Schultern, immer noch bedeutungslos, lag Takemo-Makos Körper.

Major Tracy antwortete nicht. Er drückte einfach noch einmal auf den Abzug, und ein weiterer Feuerstoß kam aus seiner Waffe und leerte das Magazin.

Mit einer schnellen Geste warf er das leere Stück weg und ersetzte ein weiteres voller Projektile.

„Folgen Sie uns, Senior !! wiederholte Barry.

„Tu deine Pflicht, du verdammter Brummkopf... und lass mich meine machen...!

Die letzten Worte kamen mit weniger Kraft von den Lippen des älteren Mannes als die ersten.

Ein Bleistrahl hatte seinen linken Oberschenkel und sein Knie getroffen, seine Knochen zerschmettert und ihn zu Boden geworfen.

Trotzdem hörte er nicht auf zu schießen.

Barry zögerte noch ein paar Zehntelsekunden, erkannte aber, dass er diesen Mann nicht retten konnte und verstand auch, dass das Opfer des Ältesten die mögliche Rettung für alle darstellte.

Solange dieses Kommando im Sand lag und genug Kraft hatte, um den Abzug zu betätigen und die Clips zu wechseln, war es unmöglich, zu versuchen, den Strand zu stürmen.

Barry rannte auf die beiden Boote zu.

Kala und Pencer kletterten jetzt darauf. Die Boote standen still, die Taucher standen auf ihnen und feuerten ihre Maschinenpistolen ab.

Pencer stieß Kala in eine der Barkassen, die sich gefährlich bewegte.

Dann half er Takemo-Makos Leiche in das andere Schlauchboot zu legen.

Um ihn herum wirbelten die Kugeln den Schaum auf. Barry hatte immer noch seinen letzten Gedanken an den Mann, der sich für alle geopfert hat.

„Höher!!“ schreien.

Pencer legte Barry eine Hand auf die Schulter, um ihn davon abzuhalten, etwas Dummes zu tun.

„Alle für einen und einer für alle“, murmelte er.

"Höher!! Barry bestand darauf.

Aber Major Tracy antwortete ihm nicht. Er hob nur die Hand zum Abschied, während er mit der Rechten weiterhin die Maschinenpistole hielt, bereit, niemanden vorbeizulassen, solange er noch einen Hauch Leben übrig hatte.

Barry war der letzte Mann, der weit ging. Derjenige, der die Leiche von General Takemo-Mako trug, war bereits gegangen.

Die Taucher legten ihre Maschinenpistolen ab, die Barry und Pencer hielten, und begannen, das Boot mit ihren Rudern auf den Giganten Jesteel zu schieben, der auf sie wartete, um sie in seine Eingeweide zu bringen.

Sie hatten noch keine fünfzig Meter zurückgelegt, als der Major verstummte. Sein Körper wurde im Sand in eine blutige Kugel verwandelt.

Fast sofort wurde der Strand von japanischen Fallschirmjägern angegriffen, die über ihn und ins Meer rannten, bis das Wasser ihre Hüften bedeckte.

Die sehr starken Flak-Maschinengewehre wurden gegen den Strand gerichtet, und ein Schauer aus Blei und Feuer schien sich auf den schmalen Streifen gelblichen Landes zu entfesseln, auf dem so viel Blut vergossen worden war, dass es anfing, sich zu röten.

Dank des Feuervorhangs gelang es den beiden Kommandosoldaten und Kala, der Frau, die aus der grünen Hölle hinter ihnen entkommen war, ihr Leben zu retten.

Mehrere Männer hatten mit ihrem Leben, der für sie wertvollsten Währung, den errungenen Triumph bezahlt.

Aber diese Männer hatten es verstanden, als Helden zu sterben, und die Erinnerung an ihr Opfer würde nicht vergessen werden.

Um sie daran zu erinnern, überlebten zwei Männer, Barry und Pencer, und eine Frau, Kala.

EPILOG

Von diesem Moment an lief alles wie geplant.

Drei Tage später wurde die japanische Front in Burma mit Fotos bombardiert, auf denen General Takemo-Mako von Major Tracys Plongeon überrollt wurde.

Darüber hinaus erzählten Radiointerferenzkampagnen und Sendungen, die den Soldaten gewidmet waren, die unglaubliche Wahrheit.

Der Effekt war wie gewünscht. Zum ersten Mal seit Kriegsbeginn begannen japanische Soldaten die Alliierten zu fürchten.

Und tatsächlich hatten sie Grund, sie zu fürchten. Im selben Dezember begann der überwältigende Angriff, der die Japaner auf die chinesische Grenze trieb und sie mit den Truppen von General Mao-Tse-Tung konfrontierte, dem kommunistischen Dichter, der es geschafft hatte, sein ganzes Volk hinter seine immense Persönlichkeit zu ziehen.

Die ganze Welt sah fassungslos den Erfolg der alliierten Truppen an dieser Front.

Die beiden Männer, die es lebend aus dieser Hölle geschafft hatten, waren von Weltneugier umgeben.

Vor allem Charles Pencer, der bekannte Fotograf aus "Life", der auf allen Fotografien lächelnd wirkte und ein wundervolles Mädchen an seiner Seite trug, dessen Gesichtszüge deutlich ihre orientalische Herkunft zeigten und dessen Name Erinnerungen an exotische Länder weckte, die niemanden täuschen konnten .

Ihr Name war Mrs. Kala Pencer.

ENDE